講談社文庫

# 失楽園 下

渡辺淳一

CW01095209

# 目次・失楽園　下

春陰 9
落花 63
小満 127
半夏 175

空蟬　229
至福　279
終章　319
『性と死のモニュメント』　髙樹のぶ子　327

# 失楽園

## 下

# 春陰(しゅんいん)

季節の変り目は、人事にもさまざまな変化をもたらしてくる。とくに冬から春への移行期は、万物の精気が野に満ちあふれるだけに、人々の軀や心にも影響を与えるようである。

事実、二月半ばから三月にかけて、久木のまわりにも思いがけないことがいくつか起きた。

そのひとつは、一歳年上で同期入社の出世頭と思われた水口が肺癌で入院したことである。

昨年暮れ、突然、本社から子会社のマロン社に移ることになり、いささか意気消沈しているときであっただけに二重の衝撃だったが、発見が早かったのですぐ手術をして、一旦は落着いているようである。

久木は見舞いに行きたいと思ったが、家族から、いましばらくあとにして欲しい、という希望もあって、まだ行かずにいる。

水口の発病も、やはり春の精気に体力を吸いとられた結果なのか。しかし本社のラインを外れた途端に倒れたところをみると、人事も影響しているのかもしれない。

むろん、それが病気の直接の原因というわけではないが、これまでもポジションを失い、仕事にやり甲斐を失ったときに病気になる者が多かっただけに、満更、無関係とも思えない。

いずれにせよ、同じ年代の者が病気で倒れると、自分もそろそろそんな年齢なのかと不安になってくる。

幸い、久木はいまのところ、とくに悪いところはないが、凜子との関係は、いよいよ抜き差しならぬところまですすんできている。

不思議なことに、男女の関係は月日とともに徐々に深まるというより、ひとつのことをきっかけに段階的に深まるようである。たとえば二人の場合、ともに鎌倉へ行き、続いて箱根へ出かけ、さらには凜子の父の通夜の夜に強引にホテルで逢った。そんな大胆な、まわりの人々を欺く逢瀬の度に、二人のあいだは一段と深く、離れ難いものになっていく。そしてそのまま、さらに二人の絆が強くなったのは、二月の半ば、二人で中禅寺湖に行き、そのまま帰らなかったことが、きっかけになったことはたしかである。

しかし夫の姪の結婚式にも出ず、二日も家を空けたまま戻らなかった、そんな人妻の行為が世間的に許されるわけもない。

もしかして家に帰ったあと、夫に激しく叱られ、大喧嘩になったのではないか。

久木はそのことが気懸りで夜も眠れなかったが、その二日あと、渋谷の部屋で逢ってみると、凜子は意外に元気であった。

だがそれはあくまで表面で、実際は大変な問題が起きていたようである。

凜子の話によると、その夜、十一時を過ぎて家に戻ると、夫は起きていたが、凜子が帰ったことを告げても返事もせず、本を読み続けていた。

瞬間、凜子は、夫の怒りが尋常でないことを察したが、それでも一応、吹雪で帰れなくて、披露宴に出られなかったことを詫びた。それでも夫は無言のままなので、仕方なく二階の部屋に着替えに行こうとした途端、「待て……」という言葉とともに、夫の声が凜子の背に突き刺さってきた。

「お前の、やっていることは、全部わかっている」

驚いて凜子が振り向くと、「泊った相手も、場所も知っている」といいきった。

正直いって、凜子の話をそこまできいたとき、久木は脳天を打たれたような衝撃を受けた。

これまで、凜子や衣川（きぬがわ）から断片的にきいたところでは、凜子の夫は四十代後半で医学部の教授をしている。すらりとしてハンサムで、外見的には非の打ちどころがないが、秀才にまま見かける冷淡で独善的なところがあり、男女のことや世智には、あまりたけていないようである。

　そんな男が、妻の浮気相手まで調べあげるものなのか。久木には信じられないが、凜子は淡々と告げる。

「あなたの名前も、久木祥一郎と、はっきり知ってたわ」

「どうして、そこまで……」

「あの人は、意外に嫉妬深いから……」

　それでも、自分の妻の浮気相手の名前まで探りだすのは、容易なことではない。

「われわれのあとでも尾けていたのか、それとも探偵にでも頼んだのか」

「そんなことをしなくても、知ろうと思えばわかるわ。あなたから手紙をもらったでしょう。それに、わたしの手帳にも、ときどき、あなたの名前や会社をメモしたことがあるから」

「それを、彼が見たの？」

「むろん、見られないように隠していたわ。でも、初めのころはまだ不用心だったし、最近、なんとなく見られたような気がしていたので」

「しかし、君のほうがいつも家にいるのだろう」

「いますけど、暮からずいぶん空けたから……」

　去年の暮、凜子の父が亡くなってから、凜子は横浜の実家に戻っていることが多かったが、その間に、彼女の夫は徹底的に妻に関わることを調べあげたのだろうか。

「それに、今度は旅館の名前をいったでしょう。一泊ならまだよかったけど、二日目も泊ったから、フロントにでも電話をしていろいろきいたのかもしれないわ」

たしかに、あの吹雪の夜に泊っている客はかぎられていたし、緊急のときだけに、旅館も比較的簡単に、外からの問い合わせに応じることはありうる。

「でも、本当に、彼がそういったの？」

「こんなこと、嘘をいっても仕方がないでしょう」

いままで、世間知らずのお人好しのように思っていた人物が、急に牙をむき出し襲いかかってくるような、不気味さを覚える。

「それで、彼はなんと……」

「遊びたければ勝手に遊べ、お前は不潔で淫蕩な女だと……」

久木は、自分のことをいわれたような気がして黙っていると、凜子はひとつ溜息をついて、

「お前を憎んでいるけど、別れてはやらない、といわれたわ」

一瞬、久木は凜子のいっていることがわからなかった。いや、凜子の口をかりていっている、凜子の夫の気持がわからない。

もし妻を憎んでいるのなら、罵倒したうえに早々別れるのではないか。それをなぜいまま

でどおり、夫婦でい続けようとするのか。

「わからない……」

久木がつぶやくと、凜子もうなずいて、

「わたしもわからないわ。でも、あの人はそれで復讐しているんだわ」

「復讐って、君に？」

「憎くて許せないから、離婚はせず、いつまでも結婚という枠に閉じこめておこうと……」

そんな復讐の仕方もあるのかと、久木は半ば驚き、半ば納得するが、それでもやはりわからない。

「でも男なら、まず怒鳴るとか、殴るとか、そうするものだろう」

「あの人は、そういうことはしないわ」

「じゃあ、君がいくら外で遊んでも、なにもいわず見逃す？」

「見逃すというより、家に閉じこめたまま冷たく眺めているだけよ。それにたとえ見逃しても、わたしが遊び歩いたら、まわりの人からいろいろいわれるでしょう。母や兄はもちろん、向こうのご両親や親戚からも……。離婚をしないかぎり、妻は妻ですから」

そういわれると、たしかに凜子の夫が考えている復讐の意味も、わからぬわけではない。

「でも、そこまでいったら同じ家にいても仕方がないだろう。君も、彼のために家事をする気はおきないだろうし、向こうも家で食事などしづらい」

「その点は大丈夫よ。あの人の実家は中野で、これまでもよくお母さんのところで食べていたし、大学には自分の部屋があるし、家でも、前から寝室は別々だったから」

「それ、いつごろから?」

「もう、一年以上になるわ」

一年前というと、久木と凛子と、二人の仲が急速にすすんだときだが、そのころから凛子達夫婦の仲は崩れていたということか。

「それで、どうする。このままでいいの?」

「あなたは、どうなの?」

逆に凛子にきき返されて、久木は思わず息をのむ。

いま即座に、相手を満足させる返事はできそうもないが、二人のあいだがもはや切羽(せっぱ)詰まった、ぎりぎりのところまできていることはたしかである。

久木は無言のまま、改めて中禅寺湖畔に閉じこめられたあと、家に戻ったときのことを思い返す。

あの夜、久木が家に戻ったときも十一時を過ぎていたが、妻はまだ起きていた。

といっても、いつものとおり妻は迎えに出てこないので、そのまま書斎を兼ねている自分の部屋へ行き、上衣を脱ぎ、身軽なガウンに着替えながら考えた。

これから茶の間へ行って妻と顔を合わせたら、昨夜のことから気まずい雰囲気になり、争いがおきることは避けられそうもない。そんなことになるくらいなら、いっそこのまま疲れたふりをして休もうか。実際、情事のあとで疲れていたし、これから帰れなかったいい訳をするのも億劫である。

しかし、いましらをきったところで、いずれ明日になれば顔を合わせなければならないから、問題を先送りしても面倒になるだけである。それよりむしろ今夜のうちに、仕事が忙しかったとでもいって、謝っておいたほうが無難かもしれない。

久木は気をとり直して立ち上り、鏡を覗いて、とくに変ったところがないことをたしかめてから茶の間へ行った。

思ったとおり、妻はソファーに坐ったままテレビを見ていたが、久木の姿を見て、「お帰りなさい」と、小声でいった。久木はそれにうなずきながら、妻が意外におだやかなのに安堵して横の椅子に坐り、「疲れた」と、ひとつ欠伸をした。

「昨夜、帰るつもりだったが、どうしても仕事が終らなくて、今日までかかってしまった」

妻には、京都のお寺と博物館に、資料を集めに行ってくると、告げていた。

もっとも、その名目で何度か凜子との小旅行を重ねてきているだけに気がひける。

「昨日、連絡しようと思ったけど、酔って眠ってしまったものだから……」

久木はそこでいま一度、軽く欠伸をして、テーブルの上の煙草をとりかけたとき、妻がテレビを消して振り向いた。

「そんなに、無理しなくてもいいわ」

「無理？」

妻はゆっくりとうなずくと、テーブルの上にあった茶碗を両手でつつみながら、

「わたしたち、別れましょうか。そのほうがいいでしょう」

寝耳に水とは、まさにこのことであった。まったく予想だにしなかったことが、いま妻の口から洩れている。

「いま別れたほうが、わたしは楽だし、あなたもすっきりするでしょう」

妻の言葉をききながら、久木はまだ冗談か、戯れかと思っていたが、妻はさらに続ける。

「もう、こんな年齢になって、お互い無理することもないわ」

普段から、妻は大声で叫んだり、怒ることはなかった。たとえ不満があるときでも要点だけを簡潔にいって、あとは無関心な態度である。

久木はそれを、妻の生来のおおらかさだと思っていたが、今夜はそれとはいささか異る。いつもよりさらに静かに、おだやかに話すところに、深く考えた末の、容易ならぬ決断が含まれているようである。

「しかし、どうして……」

久木は手に持った煙草に火をつけることも忘れて、妻にきき返す。

「そんなことを突然いわれても、困る」

「別に困ることはないでしょう。理由は、あなたが一番よく知っているのだから」

妻に見詰められて、久木は思わず顔をそむける。

あるいは、と思っていたが、妻はやはり凜子のことを知っていたのか。ともかくこれまでは、そんな気配は一切見せず、「あなたはあなた、わたしはわたし」という淡々とした態度をとり続け、それはそれで好都合だと思っていたが、すべて妻に見抜かれていたとすると読みが甘かったことになる。

「でも、なにも、いま急にそんなことを……」

「急にではないわ、遅すぎるくらいよ。いま別れて一緒になってあげないと、あの人も可哀相だわ」

「あの人って？」

「あなたがこれほど熱中しているのだから、余程好きなのでしょう」

憎らしいほど、妻の声はおだやかで落着いている。

「わたしのことならいいのよ。心配しないで、大丈夫ですから」

これまでも、久木は妻との離婚を考えなかったわけではない。結婚して七、八年経ち、そろそろ倦怠期が訪れたとき、さらにそのあと、別の女性と親しくなったときにも、もし妻と別れて一人になれたら、と思ったことはある。とくに凜子を知ってからは、より具体的に離婚を考え、彼女と結婚することまで頭に描いてもいた。

だが現実に離婚となると、さまざまな問題が立ちふさがっている。まず、これといって欠点もない妻にどう別れ話を切り出すのか。そして一人娘の知佳にどういって理解してもらうか。さらにいえば、これまで築いてきた家庭を完全に壊し、新しい家庭をゼロから築いていくだけの意欲があるのか。それにはいささか年齢をとりすぎ、いまの生活に馴染みすぎているのではないか。そしてなによりも、凜子がきちんと離婚して自分と一緒になってくれるのか。

それらのことを考えると、一時の熱い思いも冷め、やはりいまの家庭というしがらみを背負ったまま、逢いたいときに逢うほうが無難で、まわりにも迷惑をかけない生き方だと思ってしまう。

結局、この半年間は、離婚して凜子と一緒になろうという熱い思いと、大人げないことはしないでおこうという醒めた思いとのせめぎ合いで、一方が押しては返し、返しては押すという状態が続いていた。

だがこのせめぎ合いのなかでひとつだけ、妻の心という、最も大きなものを忘れていたようである。いや、忘れていたというより、正確にいうと、彼女の気持は昔から同じで変ることはないと、たかをくくっていたのである。

たしかに考えてみると、これまで妻に別れることをいいだせなかったのも、離婚は難しいと思っていたのも、「妻は自分を愛していて別れたくないのだ」という思い込みがあったからである。それだけは昔も今も変らないと信じきっていた。

だがいま、その妻の口から、「別れましょう」といわれては、これまでの久木の考えは、根底からくつがえらざるをえない。

まさか、妻が自分のほうから別れ話をいいだすとは、夢にも思っていなかった。

「いいでしょう……」

離婚を促(うなが)す妻の声は爽やかで、もはや迷いも翳(かげ)りもなさそうである。

妻としては充分考えた末の結論かもしれないが、久木にとってはあまりに突然すぎて即座に答えられない。

ともかくその夜はそのまま休み、翌朝、少し早目に起きて妻の顔を窺ったが、表面的にはいつもと変わるところはなく、淡々と朝食の支度をしている。

もしかすると、昨夜のことは遊び過ぎる夫を戒(いまし)めるための冗談であったのか。そうも思いながら朝食を終え、会社に出かけようと立上った途端、妻がつぶやいた。

「昨夜のこと、忘れないで下さいね」

一瞬、久木は振り返ったが、妻はなにごともなかったように食器を流しに運ぶ。

「本気か?」と念をおしかけたが、すぐ妻は蛇口をひねって水を流し、食器を洗いはじめたので、久木はあきらめて玄関へ向かう。そこで靴をはいて振り返ったが、妻が見送りにくる気配はなく、久木は仕方なくドアを開けて外へ出た。

空は晴れているが大気は軽く湿気を帯び、芽ぶき出した梢とともに春が近いことを思わせる。

そんな朝の大気のなかを、久木はゆっくりと私鉄の駅へ向かって歩きながら、改めて、いま自分が、離婚を迫られていることを思い出す。

正直いって、これまで離婚などは自分とは無縁のことだと思っていたが、気がつくといつのまにかその当事者になっている。久木はその立場の激変にうろたえながら心の中でつぶやく。

「それにしても、妻は本気なのか……」

半信半疑のまま電車に揺られて会社に向かううちに、ますますわからなくなり、駅に着いたところで、公衆電話から娘のところへ電話をしてみる。

娘の知佳は結婚して二年目だが勤めていないので、この時間は家にいるはずである。

電話ボックスに入り、気持をしずめてからナンバーを押すと、すぐ娘の声が返ってくる。

「どうしたの、こんなに早く」

「いや、ちょっとね」

久木は曖昧(あいまい)に答えてから、思い出したようにいってみる。

「実は、お母さんが別れようといいだしてね」

「やっぱり、ママ話したのね」

驚くかと思ったが、娘の声は意外に落着いている。それどころか、「やっぱり」というところをみると、娘はすでに妻からきかされていたのかもしれない。

久木はなにか、自分だけ除け者にされていたような気がしながら、きき返す。

「お前、知っていたのか？」

「もちろん、ママからいろいろきいていたから。それで、お父さん、どうするの？」

「どうって……」

「でも、ママは本気で別れる気よ」

娘にあっさりといわれて、久木はさらに慌てる。

「お前、ママとパパが別れてもいいのか？」

「そりゃ、いつまでも仲良くしていて欲しいわ。でも、パパはママを愛していないのでしょう。外に好きな人がいて、本当はその人と一緒になりたいのでしょう」

妻はそんなことまで娘に話していたのかと、久木は改めて驚く。

「好きでもないのに、一緒にいるのは、よくないわ」

知佳のいうことはよくわかるが、現実の夫婦のすべてが愛し合っているわけでも、好きなわけでもない。なかにはかなり飽きたり、冷めている夫婦もいるはずだが、といって、それだけですぐ別れられないのが、夫婦というものである。

「じゃあ、お前も賛成なのか」

「だって、そのほうが、お互いのためでしょう」

「しかし、これまで長くやってきたのだから……」

「そんなことをいっても、パパが悪いんだから仕方がないでしょう」

そういわれると、久木に反論の余地はない。

「ママはもう疲れたのよ」

「しかし、これから一人でやっていくつもりなのかな」

「もちろん、ママは一人になるのだから、できるだけお家やお金を残してあげてね」

当然とはいいながら、こういう事態になると、やはり娘は母親のほうにつくものなのか。

久木は裏切られたような気がして、いってみる。

「お前は、反対するかとおもったけど」

「だって、パパとママのことでしょう」

たしかに嫁いだ娘にとっては、親のことはあまり関係ないのかもしれない。

「わたしのことなら大丈夫だから、安心して」

久木が家を忘れて遊び歩いているあいだに、妻も娘も、ともに強く、逞しく成長したようである。

凜子と久木と、互いの告白話をきき終えたところで、二人はなぜともなく顔を見合わせて苦笑した。

　実際、いまとなっては嘆くことも悲しむことも、ましてや大声で笑うこともできない。せいぜい軽く苦笑するのが、唯一の残された道のようである。

　ともかく、いま二人は予想もしていなかった岐路に立たされているようだが、それが各々正反対の立場にいることが、奇妙でおかしい。

　はっきりいって、凜子は家に戻ったら、夫に激しく叱られ、場合によっては離婚をいいだされるのではないかと思っていた。それは久木だけでなく、凜子もそうなることを予想して、ある程度、覚悟を決めていたはずである。

　だが結果はまったく逆で、夫は怒りもしないし別れるともいわない。それどころか、永遠に結婚という枠に縛りつけたまま、絶対に離婚はしてやらないといいきる。

　正直いって、そんな事態は久木はもちろん、凜子でさえ、想像していなかったはずである。予想外の出方に、凜子はうろたえたようだが、それは久木の場合も同じである。

　遅く家に戻ったときは、今夜は妻もかなり怒って、相当激しいいい争いになるだろうと腹をくくっていた。だが結果は、いい争いになるどころか、きわめておだやかに、しかしきっぱりと離婚をいいだされて、慌てたのは久木のほうである。まさかと思い、冗談かと疑いながら、気がつくと離婚がすでに既成事実となって、妻も娘も認めている。

「しかし、おかしい……」

いま、久木はそうとしかいいようがない。

「なにか、お互い逆になっている」

離婚をいい渡されると思っていた凜子が、結婚という枷(かせ)にはめられ、容易に離婚はできないと思っていた久木が、逆に離婚を迫られている。

「変な話だ……」

久木がつぶやくと、凜子が静かな声できく。

「あなた、後悔しているんじゃありませんか」

「どうして……」

凜子に「後悔しているのか」ときかれて、「そのとおり」などと答えられるわけがない。

ここまで二人のあいだが深まって、いまさら弱味など見せられない。

だがそこから一歩退(ひ)いて自分の気持に正直にきくと、いささか悄気(しょげ)て、弱気になっていることはたしかである。

いままではあれほど、離婚という状態に憧れていたのに、いざ自由にしていいといわれると、途端に戸惑い、心が揺れるのはなぜなのか。

とやかくいっても、やはり結婚という、社会的に認知された枠から外れることが不安なのか。それとも同じ離婚でも、自分からいいだしたのではなく、向こうから突然いいだされたため、心の準備ができていなかったからなのか。

そんな久木の心の動揺を察したように、凜子がつぶやく。

「あなたが、後悔しているのなら、戻ってもいいのよ」

「戻るって、どこへ？」

「お家へ……」

「これから？」

「奥さまに、悪いと思っているんじゃありませんか」

「もう、家には未練はない」

「本当ですか」

凜子にたしかめられて、久木は慌ててうなずく。

「戻りはしないよ」

「わたしも、戻らないわ」

久木はうなずきながら、凜子がまだ結婚という枠に強く縛られているのを思い出す。

「でも、君は……」

「わたしはこのままよ、いまさら戻っても仕方がないでしょう」

「でも、離婚はしてもらえない」

「そんなこと、かまわないわ。たとえできなくても軀は自由なのだから」

「まわりの人に、いろいろいわれたら？」

「もう、誰になにをいわれても平気よ」
毅然とした凜子に誘われるように、久木もたしかにそうだと、自分にいいきかす。

二月末から三月にかけて、久木は落着かぬ日を過した。

妻から離婚の話を出されてからも、久木はときたま家に戻るが、とくに争うことも罵り合うこともない。表面はいままでと変らず淡々として、ときに離婚を迫られていることを忘れることもある。

そんなとき、久木はふと、妻は離婚をいいだしはしたが、いまは後悔しているのではないかと思ったこともある。

だが表面はおだやかでも、妻の気持は変っていなかったらしく、三月の初め、家に戻ると机の上に離婚届けがおかれていた。

書類は、わざわざ妻が役所から自分で取ってきたのか、一枚の離婚届けの片隅に、「久木文枝」と自らの名前を記し、印鑑が押されている。その横に久木が自分の名前を書き、判をおせば、それで離婚は成り立つことになるらしい。

久木はその、あまりの簡単さに驚き戸惑う。

ここにサインするだけで別れられるのなら、これまで二十五年間、営々と築き上げてきたものはなんであったのか。

久木がなお綿々として割り切れないのに対して、妻は相変らずさばさばとして事務的である。

「あれ、机の上に置いときましたから、サインしておいて下さい」

次の朝、また出がけにあっさりといわれて、久木は新たな衝撃を受ける。

いったい、妻は心残りとか未練といった心情は、もち合わせていないのか。これでは情緒のかけらもない、氷のような女ではないか。

たまりかねて娘の知佳に電話をすると、「でも決心するまで、ママはずっと悩み続けていたのよ」と、妻のほうに同情する。

どうやら、妻が苦しんでいるときには久木が遊び歩き、気がついたときには、すでに妻が決心したあとだった、ということらしい。せめてその苦しんでいるときに、少しでも歩み寄ればよかったものを、いまではタイミングがずれて、修復するには遅すぎるということか。

あれこれ考えながら、久木はいわれたとおりサインする気にもなれず、離婚届けは机の抽斗にしまいこんだまま、また日が過ぎていく。

妻から離婚届けを出されたことは凜子には話していないが、一日延ばしに延ばしている気分は、いずれ刑が執行されると思いながら一日延ばしに延ばされている、罪人の気持に似ているかもしれない。ともかくこんな状態では気持も落着かず、仕事にも支障をきたしそうなので、いっそこのままサインして、すっきりしようかとも思う。

大の男が離婚を迫られているのに、いつまでも未練がましく、曖昧な態度をとり続けるのは感心しない。そう自らにいいきかせるが、いざサインをしようと離婚届けを手にすると、もう一日くらい延ばしてもかまわない、と思ってしまう。

そんな揺れる気持とは裏腹に、現実の生活は離婚の話が出て以来、着実に変わってきている。たとえば二人で渋谷の部屋で逢い、そのまま泊るときでも、いままでは外泊の理由をあれこれ考え、なにか罪深いことをしているような気がしていたが、いまはあまり気づかうこともなく、どうせ別れるのだからかまわないと、つい開き直った気持になる。

当然のことながら、外泊が増えるにつれて、久木自身の下着や靴下、ワイシャツからネクタイなど、身のまわりのものも徐々に家から渋谷のほうに移って増えてくる。

この変化は凛子も同じで、着替えの衣類が次第に増え、それとともに納めるところが必要になり、新たに洋簞笥を買い、さらに洗濯機やオーブンレンジといった電化製品も増えてくる。

会社から帰るときも、久木の足はつい渋谷のほうに向かい、気がつくとドアの鍵をあけて二人だけの部屋に入っている。

凛子はまだ来ていないが、日とともに家具類が増えてきた部屋に一人で坐っていると、ある安らぎとともに、なにかやるせないような切ない気持になり、思わずつぶやく。

「これから、どうなるのか……」

まだ見ぬ未来に漠然とした不安を覚えながら、いっそこのまま、なるようになればいいといった、やや投げやりな気持に浸りながら、さらに日が経っていく。


三月の半ばを過ぎても、久木の少し不安で落着かぬ状態は変らない。

それが、離婚を求められながら、なおはっきり決めかねている曖昧な態度と関係があることはたしかだが、春独特の、もの憂い空模様とも無縁ではなさそうである。そしてさらにいえば、病床に伏している水口と会ったことも影響しているのかもしれない。

久木が水口を見舞ったのは三月半ばの、暦の上では、「桃始笑」といわれるときだった。

「ももはじめてわらう」というように、桃の花が咲き始めるころだが、水口が入院している病院の入口では、紅梅と白梅が入りまじって咲いていた。

午後三時、水口の妻に指定された時間に病院に行くと、彼女はすでに廊下で待っていて、すぐ横の待合室へ案内された。

以前から、久木は見舞いに行きたいといっていたのだが、彼女のほうから、もう少し待って欲しい、といわれて遠慮していたのである。

「ようやく手術も終って、元気になったものですから」

水口の妻は、待たせた理由をそんなふうに説明したが、表情は暗い。

久木は不吉な予感がして、さらに病状をきくと、肺癌で手術をしたが、他に転移巣があって、長くても半年くらいだろうと、医師にいわれたらしい。

「本人は、それを知っているのですか」

「そこまでは話せなくて、一応、悪いところは摘ったから大丈夫、ということになっています」

水口の妻が待合室に久木を呼んだのは、そのあたりのことを、面会の前に打合わせしておきたかったのであろう。

「よろしく、お願いします」

妻の言葉にうなずいて病室に入ると、水口は思ったより元気そうな顔でうなずいた。

「久しぶりだな、よく来てくれた」

軽く笑いを浮かべた顔は、肌が少し白茶けて見える以外は、以前とほとんど変らない。

「早く来たいと思っていたんだが、手術だときいたものだから」

「いやあ、ひどいめにあった。でも、もう大丈夫だから安心してくれ」

水口にすすめられて、久木はさらに枕許に近付く。

「なかなか、元気そうじゃないか」

「手術だけなら、どうということはなかったんだが、抗癌剤のおかげで、ちょっと食欲がなくてね。来月には退院できるかと思うんだが」

久木は咄嗟に、転移巣があってあと半年くらい、といった水口の妻の言葉を思い出すが、すぐなにごともなかったように、

「早く戻ってきてくれよ。君がいなくて、マロン社のほうも困っているだろう」

「いや、別に困りはしないさ。会社なんて、もともと、一人や二人いなくなったところで、困らないようにできているんだから」

水口は意外に醒めたいいかたをしてから、

「しかし病気というのは不思議なものだ。字のとおり、気持が弱ったときに現れてくる」

「去年の暮か……」

「あのときお前にも話したとおり、正直いって悄気ていた。なにか自分のすべてが否定されたような気がして、落ちこんでいるうちに調子が悪くなって、病院に行ってみると癌だった」

水口が本社の役員から子会社のほうに出向を命じられたのは、去年の十二月であった。そのあと年が明けて、正式に子会社の社長になった途端の発病であった。

「出向になったから、こんな病気になったのかもしれない」

「まさか、そんなことはないだろう」

「だって、それまではどこも悪くなかったんだ」

そうだとすると、仕事への熱意や緊張感が癌の進行を止めていたのか。

「しかし、お前はいい。なにかとても浮き浮きしてみえる」

水口がベッドから、沁みじみとした眼差しで久木を見上げる。

「俺もお前のように遊んでおくんだった、思いきりやっておくんだった」

「これからだって、大丈夫だよ」

「もう、こんなになってからでは駄目だ。人間、どうせ老いぼれて死ぬんだから、やりたいときに、やりたいことをやっておかねばいかん」

よく見ると、少し皺の増えた水口の目尻に、かすかに涙が滲んでいる。

三十分ほどで見舞いを終えて病室を出たが、久木はなにかせかされるような、燃えたつような思いにとらわれた。

せかされるのは、自分と同じ年代の男が癌になり、死が近付いているという事実を目のあたりにしたからである。むろんこれまでも、自分と同じ齢や、より若い人の死に接しなかったわけではないが、古くから親しく、入社以来同じ道を歩んできた友人だけに、その衝撃は大きい。

改めて、自分もそんな年齢になっていて、そんなに若くはないのだと思うと、せかされるような気持になる。

そしていまひとつ、なにか心の中から燃え立つ思いがするのは、水口がいった「人間、やれるうちにやっておかねばいかん」という言葉が、身に沁みたからである。

いまたしかに、水口は死を目前にして、これまでの生き方を悔いている。はたから見るかぎり、それなりに走り続け、充実している生涯を送ったように見えるが、それでもなお、やりきれなかったという思いが渦巻いているようである。

それが仕事のことでか、女性との愛に関わることか、その内容はともかく、悔いていることは間違いない。

人間の一生は、たとえ波瀾万丈に見えても、終る時点から振り返ると、意外に平凡にしか見えないのかもしれない。その意味では、どう生きたところで悔いは残りそうだが、それでも死の間ぎわに、失敗(しま)ったとか、やっておくべきだったと思いたくはない。

久木は改めて、悔いを語りながら、同時に水口の目に浮んだ涙を思う。

あんな無念な思いのまま一生を終えるのはいやだ。そう思った瞬間、今度は久木の脳裏(のうり)に凜子の顔が甦える。

いま、凜子との恋は、まさしく久木にとって、最大にして唯一の生き甲斐である。女ごときに熱情を傾けて、という人もいるかもしれないが、仕事も恋も、人間の一生にとってはともに大きく、生涯をかけるに価いする。そしていま、自分は一人の女性を恋して独占するという大事業に、全精力を傾けて生きている。そう思うと、自然に身内から熱い思いが湧いてきて、自ずと凜子の待つ部屋に心が馳けて行く。

春陰というのか、少しもの憂い花曇りの午後である。

まだ開花には少し早いが、この暖かさで、桜は一段と蕾をふくらませそうである。

そんな気配の街の中を、久木は電車の吊り革にもたれて凛子の待つ渋谷の部屋へ急ぐ。

時刻は四時半だが、午後から水口の見舞いに行くといって、会社を出てきたので、これから社へ戻る必要はない。今朝、そのことを凛子に告げると、彼女も横浜の実家へ寄って、五時ころまでに渋谷の部屋へ来るといっていた。まだ陽の高いうちからのデートだが、こんなことをできるのも誰にも気がねしなくていい二人の部屋があるからである。

久木は電車を降りてからマンションへ向かい、廊下を軽くスキップする感じで部屋の前まで来てドアを開けるが、凛子の姿はない。

すでに五時だが、少し遅れてくるのかもしれない。

久木はカーテンを開け、暖房を入れてソファーに横になる。

いまごろ、会社ではまだほとんどの人が残って仕事をしている。

そんな慌ただしさから自分一人抜け出してきて、誰も知らない部屋で彼女を待っている。

久木はそんな秘密めいた雰囲気に満足して、テレビを入れると、再放送らしいドラマをやっている。こんな時間に男女のドラマをやっていることも、久木には珍らしくて新鮮である。

それを見るともなく見ているうちに五時半になり、さらに四十五分になる。

凜子はどうしたのか、珍しく遅い。もしかして、途中で夕食の買物でもしているのか。

久木は想像しながら、凜子が部屋に入ってきたときのことを考える。

この分では、三十分から一時間の遅れだから、なにか罰を与えることにしよう。

入ってきたときドアの裏にかくれていて、いきなり唇を奪うか、それとも有無をいわさず胸に手をさし込んで乳房を握り締めるか、あるいはそのままソファーにおし倒すか。

一人で淫らなことを考えていると、チャイムが鳴ってドアのノブを廻す音がする。

ようやく凜子が現われたが、約一時間近い遅刻である。

顔を見るまではいろいろな罰を考えていたのに、いざ会うと安心して、「遅かったじゃないか」と、言葉でなじるだけになる。

「ご免なさい、実家でいろいろあって……」

今日の凜子は、春らしい淡い黄色のスーツを着て襟元に花柄のスカーフを巻き、手に白いコートと、やや大きめの紙袋を持っている。

「夕食はどうする、なにか食べに行こうか」

久木が誘うと、凜子は袋の中を開きながら、

「駅のデパートで少し買ってきましたから、ここですませましょう」という。

むろん、久木に異論はない。下手に外へ出るより、ここにいるほうが楽だし、凜子と戯れ

ることもできる。

「一時間の遅れだぞ」

久木がキッチンに立っている凜子をうしろから抱き寄せようとすると、「待って」と手で制して、

「いま、猫をおいてきたのよ」

「お母さんのところに？」

凜子はうなずいて、紙袋の中の品物を出しながら、

「母に叱られたわ」

「猫のことで？」

このところ、凜子は家を空けることが多くなったので、猫を一人ぼっちにしておくのは可哀相だし、彼女の夫に世話を頼みたくないので、横浜の実家にあずけたいといっていた。

「母も猫は好きだから、あずけることには問題はないんだけど、どうしてそんなことをするのかって……」

「でも、ここは狭いし、ペットは禁止されているわけだろう」

「そうじゃなくて、どうして猫をあずけねばならぬほど、家を空けるのかって」

たしかに自分の家があるのに、猫をあずけに行くのは不自然である。

「母は、わたしがときどき、家を留守にしているのを知っていて、この前の夜も、家に電話

をしたけどいなかったので、あんな遅くにどこに出かけているのかって……」

どうやら問題は凜子の実家にまでおよんで、大分深刻になっているようである。

「母に何度か話そうかと思ったけど、つい、いいそびれて……」

父を失ってまだあまり日が経っていないだけに、さすがに凜子も、夫婦の不仲のことまでは、いいだしかねたのであろう。

「でも、母はわかっているのです」

「わかっているって、われわれのことを？」

「去年の秋ごろから、なにかおかしいと思っていたようだし、お正月にあなたと逢ったあとにも、注意をされたから」

「なんて？」

「〝まさか、他に好きな人がいるんじゃないでしょうね〟って」

「それで？」

「もちろん、いないっていったわ。でも、母は勘の鋭い人だから……」

久木はまだ凜子の母に会ったことはないが、話から察するかぎりでは、いかにも横浜の古い商家の育ちらしく、上品できりりとした女性(ひと)のようである。

「この前、姪の披露宴に欠席したでしょう。そのあとでもいろいろいわれたし、三日前の夜、わたしのところに電話をかけてきたときにも、いなかったので……」

三日前の夜といえば、やはり二人で渋谷の部屋に泊ったときである。

「かわりに、晴彦さんが出たといって……」

「晴彦って？」

「ああ、あの人の名前よ」

久木はいま初めて、凜子の夫の名前を知ったことを、不思議なことのように思う。

「あの人が出て母に、多分、今夜も遅くなるだろうって、いったようだわ」

「遅くなる？」

「泊るとまではいわなかったようだけど、彼のいいかたから、わかったらしくて」

凜子は棚からお茶と急須をとり出して、

「母は結構、あの人がお気に入りだから、もしわたしが外でおかしなことをしたら、お父さんに顔向けできないといわれて……」

「しかし……」

久木は返す言葉もなく、再びソファーに戻って、

「いつまでも、お母さんに黙っているわけにもいかないだろう。辛いだろうけど、いえば、わかってくれるかもしれない」

「いったわ」

「じゃあ、もう、はっきり？」

凜子は大きくうなずいて、

「父を失ったばかりの母を悲しませるのは辛かったけど、今日は、きちんと話したわ」

「そうしたら？」

「母は初めは静かにきいていたけど、そのうち怒って、泣きだして……」

短い言葉の断続のなかに、凜子の母親の狼狽する姿が浮かびあがる。

「あるいは、と思っていたようだけど、はっきりいわれて、すごくショックを受けたみたいで、そんなふしだらな女に育てた覚えはないって……」

久木はなにもいえず、ひたすら頭を下げてきくだけである。

「こんなことは恥ずかしくて、兄にも親戚にも、誰にもいえない。お父さんもきっと、お墓の中で悲しんでいるといって泣き出して、それから、あの人のどこが気に入らないのかと……」

凜子はそこで少し間をおいて、

「でも、そんな理由、母にいってもわかってもらえないから黙っていたら、相手の人は、どこの誰かって」

「それで？」

「あなたのこともいったわ。こんなこと、かくしていても仕方ないでしょう」

振り返った凜子の目にも、涙が浮かんでいる。

「これでわたし、全部を失ったわ」

その一言をきいて、久木は思わず凜子を抱き締める。

もはや凜子は帰るべき家も夫も失い、いままた最後の砦である実家の母も失い、頼るは自分しかいない。そう思った瞬間、久木の心の中にこの女だけは死すとも守りきらねばという、熱い思いが湧きおこる。

凜子もいまは唯一人、頼るのはこの男性だけと信じ、自ら全身を投げ出し、委ねてくる。

その連帯感のなかでしかと抱き合った二人は、もつれながら、そこしか行き場がないように寝室へ移り、ダイビングでもするように折り重なって、ベッドへ沈み込む。

軽い弾みとともに、男が真っ先にまさぐるのは女の唇だが、すぐ思い直したように、いましがた涙が滲んだ瞼をとらえ、そこへ真上から唇を重ねる。女は一瞬、虚をつかれたように顔をそむけるが、かまわずおおっていると、やがて震えていた睫毛もおだやかになり、いま流れたばかりの涙が、少し塩っ辛い味となって男の唇に伝わってくる。

久木はいま女の目に溜った涙を吸いながら、凜子の悲しみを癒やしているつもりである。たとえそれが、現実の困難な状況を変えるほどの力はないにしても、心の奥に潜む悲しみや辛さを癒やす効果は充分にあるはずである。

数分間ゆっくりと、しかし適確に涙を吸いとったあと、今度は男の唇が女の鼻をまさぐり、おおっていく。このときも、女はくすぐったさに身をよじるが、すぼめた舌の先を形のいい鼻孔に当てているうちに、やがて落着き、そこからも涙の滴が伝わってくる。

　唇と、目と鼻と、三個所に接吻を受け、涙があとかたもなく吸いとられたところで、凜子はようやく、夫と母を捨てた悲しみから立直り、いままで軀の内に秘められていた奔放さが甦ったようである。

　久木が手を貸すのに合わせて、ときにはもどかし気に、自分からスカートを脱ぎ、下着を除け、生まれたままの全裸になったところでつぶやく。

「めちゃくちゃに、して……」

　それがたとえ、一時の切なさから逃れるための手段だとしても、女が自ら男の前に身を投げ出してきたことに変りはない。

　滅茶苦茶にするべく懇願された男は、一瞬、その方策について思いをめぐらす。

　まず滅茶苦茶にして欲しいということは、女がこれまで抱いてきた常識や既成概念、道徳観などを根底からくつがえして、破壊し尽すことである。

　そう考えた男は、その瞬間から獣に変身し、その手始めとして、全裸の女体をおおっていたシーツを剝ぎとり、女が怯んだ隙を見て、いきなり両肢を高々と持ち上げ、さらに左右に大きくおし開く。

　部屋に明りはないが、六時を少し過ぎたばかりの窓辺には、なお陽の名残りの明るさが漂い、その薄明のなかに、凜子の白くたおやかな二本の肢が宙に舞いあがる。

「なにをするの……」

女は狼狽するが、かまわず男は開かれたままの両肢を抱えこみ、ぐいと窓ぎわへ引き寄せ、そこで女ははじめて自分の秘所が、窓に向けられていることを察したようである。

「見えるわ……」

女は見られることを案じているようだが、マンションのなかで繰(く)り広げられている痴態が、外からすべて覗かれるわけもない。

しかし普段と違う異様な設定が、女にいつも以上の羞恥心と興奮をかきたてたらしい。

「やめて」と叫びながら、必死に逆(さか)らう女体と、それを遮二無二(しゃにむに)おさえこもうとする男が押し合い、揉み合う。まさに組んずほぐれつ、肉弾相まみえる凄絶(せいぜつ)な戦いがくり広げられ、息をはずませ、汗まみれになるが、それも滅茶苦茶になるための、重要なプロセスであることに変りはない。

やがて女は力尽き、くり返されて強要された淫らな形に馴れ親しむかのように、震えながらも自ら股間をかすかに開いた位置で動きが止る。

まさにいま、女の道徳心と羞恥心はほぼ完全に破壊され、見られているかもしれない態位に、むしろ被虐の快感まで覚えはじめている。

そこまで見届け確認したところで、男はようやく、女のなかに侵入する決意を固め、いよいよ最後の、滅茶苦茶の仕上げへと突進する。

女の軀はひ弱だが、その性は多彩で逞しい。かわりに男の軀は頑健だが、その性は直線的で脆弱である。

むろん久木にそのあたりの予感がなかったわけではない。いや、あったからこそ、あらかじめ、女に羞恥のかぎりを味わわせ、へとへとに疲れさせ、充分、痛めつけたところで、これでよしとばかりに侵入したのである。

だが、いざ結ばれてみると、その程度のハンディは無効どころか、むしろ女の気持をかきたてて、逆効果となったようである。

ともかく男は懸命に挑み、ときに項と耳許に熱い吐息と歯型を残すほどの接吻を与えながら、動き続ける。それに応じて女は次第に満ち、やがて長く尾を引く刹那の声とともに、きわみに達するが、それが初めの希望どおりの、滅茶苦茶な状態か否かは疑わしい。少なくとも滅茶苦茶という以上は、身も心もずたずたに、完膚なきまで破壊されるべきである。

だが、いまの凜子の状態は、滅茶苦茶どころか、全身が性の火だるまとなって、快楽の蜜を求めて一直線に突きすすむ。

その一点の迷いもない、貪欲で精力的な姿を見れば、すでに男と女の立場が逆転していることは明白である。初め、男は女を滅茶苦茶にするべく勇んで挑み、屈辱のなかで女を奪ったはずなのに、気がつくと、男はひたすら尽し奉仕する一匹のオスに変り果てている。

いまこの瞬間、男は奪うどころか、女体にとりこまれ、もはや休みたくても休ませてもらえない、苦役に従がう虜囚になり下がっている。

それにしても、のぼり詰めて、さらにのぼり詰めて、それを何回もくり返す凜子の表情の、なんと美しく艶めかしいことか。

もともと、さほど彫りの深い顔ではない。目も鼻も口元もこぢんまりと、しかし形よく、柔らかくまとまっている。その、男の好奇心をそそる甘い顔が、ときに泣いているように、ときに笑っているように、ときに苦しみ悶えるように、百面相の変化を見せながら燃えさかる。

まさしくこの柔和で切なげで、淫蕩な顔を見るために、男はその全精力を傾け、抑制のかぎりを尽して、ひたすら努め、励んでいるともいえる。

だがなにごとにも終りがあるように、燃え狂った情事にも自ずと終りは訪れる。

もっとも、その終局は女からもたらされたものでなく、男の有限という性の構造からもたらされたもので、女だけ自由に遊ばせておいたら、無限という性の構造のなかでかぎりなく耽溺し、ついには死の淵へ追いこまれるかもしれない。

いまの二人をおおっている静寂も、まさしく男の力が尽きたことによってもたらされたもので、女が自ら愉悦の階段からおりてきて、生じたものではない。

そしていま、すべてが終ってみると、刀折れ矢尽きて横たわっているのは男のほうで、女は満ち足りた情事に一段と艶やかさを増し、円くふくよかな肢体を投げだしたまま快楽の海に漂っている。

　もしいまの二人の状態を他人が見たら、初め「めちゃくちゃにして」と訴えたのはいずれであったのか。少なくとも、女がそれを訴え、男がそれに乗じて徹底的に責め、苛んだなどとは誰も思いはしない。

　いずれにせよ、いまたしかにいえることは、情事の初めと終りで、滅茶苦茶という状態は逆転し、いま最後の段階で滅茶苦茶になっているのは、まさしく男のほうである。

　正直いって、こうした経緯は久木自身、身をもって何度か体験してきたことで、もはやそのことに驚くことも呆れることもない。むしろ最後はそうなることを承知で挑んだともいえるが、今度もそのとおり相手のペースに乗せられ、巻き込まれた自分に気が付き、少し怖くなる。

　もしこんなことを続けていたら、いずれ女の意のままに、快楽の世界をさ迷い浮遊して、果ては死の淵まで連れ去られていくのではないか。

　初めの猛々しさとはうって変って穏やかに、そして新しい不安にとり憑かれている久木に、いまは充分満たされた凛子がつぶやく。

「よかったわ」

　凛子はそういってから、もう一度つぶやく。

「あのまま、殺して……」

快楽の頂点で死を願うのは、成熟した女だけが夢見る特権で、男がそこまでの愉悦を味わうことは不可能に近い。たとえ稀にいたとしても、それはある種の変態的な逸楽を知った場合にかぎられていて、正常の男がそこまで性にのめりこむことはほとんどありえない。

久木はそう思ってきたし、いまもそう思っているが、ときにふと、性と死が意外に身近で、場合によっては、ほとんど接がり合っているような気がすることもある。

たとえば女性と結ばれて果てた直後、あるいはそこまで状況が備わっていなくても、極端な話、自慰のあとでさえ、一瞬の射精の快楽のあとに、いいようもない気怠さとともに、魂が吸い取られていくような虚脱感にとらわれることがある。

いままではそれを、射精したのだから当然と簡単に割り切っていたが、もしかすると、それは死へつながる第一幕なのかもしれない。

若いときから、漠然と思ってきたことだが、あれほど猛り狂っていたものが、射精とともに、なぜかくも情けなく、従順に萎え、静まり返るのか。

ときにはそれに苛立ち、自ら叱咤激励することもあったが、あの肉体的な萎縮と精神的な墜落感は、まさしく死のイメージそのものに近い。

もしかして、あの射精直後の男に襲ってくる虚脱感は、それが死につながっていることを示唆するための、自然の摂理であったのか。そう思って自然界を見渡すと、オスのほとんどは射精とともに息も絶え絶えになり、生死の境いをうろつきながら、やがて死にいたる。この射精から死にいたるまでの時間は、生きものによって多少の違いはあるにしても、その背後に常に死の影が漂っていることは避けられない。

それにしても、女がめくるめく快楽のきわみで死を夢見るのに比べて、男が沈み込むような虚脱感のなかで死にとり憑かれるとは、なんという大きな差であることか。

これこそまさしく無限と有限の性の違いなのか、あるいは新しい生の誕生に加担する女と、射精で生殖に関わるすべての仕事を終える男との差なのか。

久木が考えこんでいると、凜子が再びうしろから火照(ほて)りの残る肌を近づけてつぶやく。

「わたし、怖いわ」

「前にも、〝怖い〟といったことがある」

凜子はあっさりとうなずいて、

「でも、いまは別の怖さなの。このままいると、本当に死んでしまうような……」

「自然に……」

「そう、もう、どうなってもいい。このまま死ねるのなら最高だって、死ぬことがちっとも怖くなくて、そんな自分が怖くて……」

凜子のいうことは少し矛盾(むじゅん)しているが、性のさなかで死の誘惑にとらわれていたことは、たしからしい。

「まだ、死なれては困る」

「でも、わたしは、もういいのよ。ここまでくれば充分なの」

凜子はそういうと、歌うような調子で、

「わたし、いまが最高よ。人生のなかで、いまが最高だと思っている」

久木がいまひとつわかりかねていると、凜子はさらに、

「だってそうでしょう。わたし、こんなにあなたを愛して、軀の底から感じて、こんなの知ったら、もう死んでもいいと思ってしまう」

「でも、まだ三十八だろう」

「だからいまの年齢がいいの。もうこれでいいのよ」

以前から、凜子は年齢にこだわっていて、三十八歳で、もう老いたとか、死んでもいいといったこともある。

五十をこえた久木にはまだまだ若くて、人生もこれからのように思うが、当の本人にはまた別の感慨があるのかもしれない。久木がそう思って、「年齢（とし）をとれば、とったなりのよさもある」というと、凜子はきっぱりと首を横に振って、

「そういってくれる人もいるけど、わたしはこのあたりが限界なの。これ以上、長く生きても、これからは下り坂になるばかりだわ」

「なにも、外見だけの問題ではないだろう」

「たしかにそうだけど、年齢をとることは、女にとってはやはり辛いわ。どんなに頑張って

も、だんだん誤魔化せなくなって。でもいまならまだなんとか誤魔化せる。そのぎりぎりの年齢なの」

「そんなに、深刻に考えることはないだろう」

「もちろん、わたしだって、そんなふうに思いたくないわ。でも毎日、鏡を見るでしょう。その度に、あ、また目尻に一本皺が増えてきた、肌がゆるんで、お化粧ののりが悪くなってきたって、誰よりも、本人が一番よく知っているけど、それを口に出していいたくない。とくに、好きな人になんか、いいたくないわ」

「でも、君はいっている」

「もちろん、いいたくないけど、いまが一番いいということも、知って欲しいの」

いわれて久木が振返ると、凛子は軽く胸元を見せたまま、

「こんなこと、自分でいうのはおかしいけど、わたし、いまが一番美しいような気がするの。あなたのおかげで髪も肌もつやつやして、胸もまだ大丈夫だし……」

たしかにこのところ、凛子の肌は一段と白く、すべすべとしてやわらかく、二十代の女性に見られぬ、甘さと艶(なま)めかしさを漂わせている。

「あなたに抱かれて、変ったわ」

思わず久木がふくよかな胸元に手を添えると、それを待っていたように凛子がつぶやく。

「だから、忘れないで欲しいの」

凛子の話は的を射ているようで、どこか矛盾しているようでもある。

たとえば、いま自分は一番美しく、人生の最高のときだといっていながら、だから死んでもいいという。日々皺が増え、肌がゆるんできているといいながら、いまがベストで、だから忘れないように見ておいて欲しいという。

一方で最上であることを訴えておきながら、次の瞬間、それを否定するようなことをいう。

もしいまが最高で一番美しいと思うのなら、それを支え、保つことを考えるべきではないか。

「どうしてそんなに、いまにだけこだわるの」

久木が尋ねると、凛子は少し気怠げな口調で、

「別に、そんなつもりじゃないけど、せつなてきかなあ」

久木は咄嗟に、「刹那的」という文字を頭に浮かべる。

「そんな気がするけど……」

「でも、わたしにとっては、いまが大事なの。いま、この一瞬がよくなくては、あとでよくなっても仕方がない。人生って、そういうものでしょう」

「そうかもしれないけど、君が、それほど刹那的だとは、思わなかった」

「それも、あなたのせいよ」

「そうかな？」

「だって、あなたを知って、軀もこんなふうになってから、変ったのよ」

「いまだけ、よければいいって？」

「そう、セックスって、いま、この瞬間のためにすべてのエネルギーを燃やし尽すのだから、いまだけが大事で、いまだけがすべてでしょう」

　してみると、凜子の刹那主義は、セックスが深まった結果、生じてきたということか。久木が考えていると、さらに凜子がつぶやく。

「いまを捨てて、明日にとか、来年には、などといっているうちに、なにもできなくなるかもしれない。そんなことで後悔するのは、いやだわ」

　凜子の話をききながら、久木は水口のことを思い出す。

　いま、現在だけが大事という、凜子流の刹那主義からいうと、仕事一筋に生きた水口の生きかたなどは、どうなるのか。

　久木は水口の病状を簡単に説明してから、

「見舞いに行ったら、もっと遊んでおくべきだったと後悔していた」

「その気持、凄くわかるわ」

　凜子はそっと、久木の胸元に顔を寄せて、

「あなたは、後悔している？」

「いや、そんなことはないが……」

「よかった」

凛子はさらに額をすり寄せて、

「わたしたち、後悔しないわね」

「もちろん」

「やっぱり、いまが大切よね」

久木はうなずきながら、自らの年齢を思う。

たしかに久木はいま五十をこえて、凛子よりかなり年上だが、男としては、このあたりが最後の舞台なのかもしれない。

このあとは、たとえ地位や収入が上ったところで知れていて、さほど楽しいことはない。一人の男として、というより、一匹のオスとして恋を追い、愛に生きた実感を味わうためには、まさしくいまが残された最後のチャンスに違いない。

「俺も、変った……」

「なにが？」

「いや、いろいろなことがね」

凛子はたしかに、自分と恋をして変ったかもしれない。

たとえば性において、こんなに淫らで欲しがる女ではなかった。以前はセックスにはほとんど関心がなく、いまからは信じられないほど淡白で、清潔であったという。それがこんなふうに変ったのはあなたのせいだと半ば恥ずかし気に、半ば口惜し気に訴える。

たしかに性において、凜子が見違えるほどの変貌をとげたことは事実である。清潔という言葉が当っているか否かはともかく、以前は淡白であった分だけ、性に未熟で頑なであった。

そんな女の軀を花開かせて、性の奥深い悦びまで知らしめたのは、「あなただ」というのなら、甘んじて受ける。

だがいま少し深く、自分の内側を振り返ってみると、久木自身も凜子に大きく影響を受けているようである。たとえば性において、久木は凜子をリードし、目覚めさせているつもりでいたが、気がつくと、自分もその性にどっぷりとつかり、溺れきっている。当初こそ、教えたつもりでいたのが、途中からはその魅力に惹きつけられ、いまはもはや、あと戻りできないところまで追いこまれている。

それはセックスの世界だけでなく、仕事から家庭にまでおよび、妻とのあいだはほとんど破局状態だが、それも凜子に引きずられて、といえなくもない。凜子が自分との愛に賭けていると思えば思うほど、見捨てておけず、それに応えようとするうちに、気がつくと同じ深度まで落ちている。

そしてさらに生き方についても、いまこそが大切で、いまだけに全力を尽すという、刹那主義に傾いているのも、まさしく凜子の影響である。

もともとこちらが年上で、すべて自分がリードしていると思っていたのが、気がつくと立場は逆転し、リードされているのは、むしろ男の自分のほうである。

「そうか……」

久木がひとつ溜息をつくと、それを咎めるように凜子がきく。

「どうしたの？」

別にどうということはない。ただ次第に二人だけまわりから遊離して追い詰められていく。そんな実感のなかで、相手を引きずっていたつもりが、気がつくと逆に引きずられていた。そんな自分に驚き、思わず溜息がでたのだが、といって嘆いているわけでもない。

ここまできたら、もはや、なるようにしかならない。そんな投げやりで自堕落な気分に溺れている自分に半ば呆きれ、半ば納得しただけのことである。

「なにか、すごくいい気持だ」

まだ夜が更けるには少し時間がある。黄昏どきからはじまった情事の名残りのまま、ベッドで肌を触れ合っている。その放逸で非生産的な状態でいることも、なぜか心地いい。

そのまま、久木が凜子の乳首を弄び、凜子の手が久木のものに軽く触れている。そんな戯れの感覚に身を委ねていると、突然、電話のベルが鳴る。

瞬間、凜子がぴたりと久木にしがみつく。

この部屋の電話番号を知っているのは、久木と凜子と、二人しかいない。しかも二人はともに、家にはもちろん、友人にも告げていない。

その電話が、なぜ鳴り続けるのか。

もしかして、誰かが、二人が部屋にいることを知って、かけてきているのか。

久木は先程、窓ぎわで凜子の全裸の姿を眺めたことを思い出したが、そんな姿が外から見えるわけはない。

ベルはさらに続き、六回目が鳴ったところで久木が上体を起すと、凜子が腕をとらえる。

「出ないで……」

そのまま十回鳴ったところで、ベルは数えていたように、ぴたりと止る。

「誰かしら？」

「わからない……」

久木はつぶやきながら、家のことを思う。

まさか、妻がこの部屋のことを知るわけはないが、家でなにか不祥事(ふしょうじ)でもおきたのか。

これまで、久木は外泊する度に、家のことが気になってはいた。

自分が不在のあいだに、もしかして家族が急病になるとか、事故に遭うといった不祥事がおきはしないか。むろん家を空けても、行き場所さえはっきりしておけば問題はないが、凜子と一緒に出かけるようになってからは、行き先をぼかしたり、ホテルもいい加減な名前をいうことが多い。

これでは万一、事故がおきたときにも連絡がつかず、大騒ぎになるかもしれない。

そういう場合、携帯電話が一番便利だが、凜子と会うときは、ほとんど電源を切っておく。

二人でいるところにまで、妻や会社からの電話が入ってきては面倒である。

そう思って携帯電話を利用しないから、久木のほうからかけないかぎり、家の様子はわからないが、今度のような電話がかかってくると、やはり気がかりである。

妻にはこの部屋の電話番号を教えていないから、かかってくるわけはないと思いながら、もしかして急用かと、不安になる。

こうした不安は、凜子も同じらしい。

すでに冷えきっている夫はともかく、実家の母に万一のことがあっても、凜子のほうからかけないかぎり、たしかめようがない。

この、向こうからはまったく連絡がなく、こちらからだけの一方通行の形しかないことが、行き先を知らせずに外泊する男と女の最も気がかりなところである。

家を捨てたのなら、そんなことはどうでもいいはずなのに、いまだに気になるのは、はっきり捨てきっていないからなのか。

電話が鳴りやんでから、久木は凜子にきいてみる。

「ここの番号、誰かに教えた？」

「誰にも、いってないわ」

それなら、単なる間違い電話かもしれない。

久木は、そう自分にいいきかせて不安を打ち消すが、電話のベルで、それまで浸っていた情事の余韻が薄れたことは否めない。

「起きようか？」

久木がいうと、凜子がすがる眼差しになって、

「ねえ、また、どこかへ行きたいわ」

二人で二月の半ばに雪の中禅寺湖に行って以来、ひたすら渋谷の部屋で会い続けてきた。互いにしめし合わせて会うには、この部屋が最適だが、いまのような電話がくると、誰かに見張られているような気がして落着かない。

「じゃあ、もうじき桜が咲くから、桜を見て、桜の宿に泊ろう」

「いいな、嬉しいわ」

凜子は、久木の胸をぴたぴたと叩いて喜びを表すと、すいと喉元まで手を伸ばす。

「約束を守らないと首を絞めるわよ」

「君に殺されるのなら、満足だ」

「じゃあ、絞めてあげる」

凜子は両手を久木の首に当てて絞める仕草をするが、すぐあきらめたように手をゆるめて、

「そういえば、阿部定さんですか、あの本、まだ見せてもらっていないわ」

彼女が取調べの刑事に語った内容をまとめた本は、調査室でも人気で、いまは仲間の一人が家に持ち帰って読んでいる。

「今度、桜を見に行くときに持って行こう」

久木はそういってから、

「そのかわり、こちらからもひとつ頼みがある」

「なにかしら」

きき返す凜子の耳許に、久木は声をひそめていう。

「赤い襦袢を持ってきて欲しい」

「わたしが、着るのですか」

「そう、真赤な緋色の……」

戸惑う凜子に、さらに命令するようにいう。

「それが、連れていく条件だ」

「わかったわ……」

少し間をおいてうなずく凜子の声はどこか気怠げで、その唇は、春陰のなかで散る桜の花

片(びら)のように軽く開いている。

# 落花(らっか)

考えてみると、桜ほど幸せな花はないかもしれない。

平安の昔から桜は百花の王で、千家流伝集にも、「桜は花の第一なり」と記されている。

春四月、爛漫と咲き誇る桜はまさしく花の王者で、その華麗さにくわえて散りぎわのいさぎよさが、一層、人々の心を惹きつけ、花への哀惜をかきたてる。

「七日桜」というように、その命はせいぜい一週間と儚いが、花としての表現力は強く、生け花としてつかうときも、「床にこの一瓶ばかり置くべし、連花の節は上座に置くべし」と、特別扱いである。

さればこそ、ときにはこれを嫌う人もいて、たとえば千利休などは、「茶室には結構すぎたる花ゆえ生けず」と、茶事に桜を添えることを禁じている。

さすがに、「侘び」を本懐とする茶事には「華やかすぎてそぐわず」ということになるのだろうが、いかにも利休らしい曲者ぶりではある。

いずれにせよ、桜が日本人の美意識を育て、さまざまな思いをかき立ててきたことは、まぎれもない事実である。

この桜に対する久木自身の思いは、花の美しさに惹かれながらも、心の片隅でどこか鬱陶しいような、こうるさいもののように思ってきたが、それは花の慌ただしさに従いていけない、自らの生活の余裕のなさと無縁ではないかもしれない。

毎年、桜の季節が近づくにつれて、桜前線が発表され、どこそこの桜は何分咲き、どこはすでに満開と、桜の名所の美しい映像がテレビにも映し出されるが、これまで、それらの花を充分、堪能したことはほとんどない。

あんな花満開のところへ行って暢んびり眺めてみたいと思いながら、結局は仕事に追われて行くこともかなわず、家の近くの桜並木や都内の桜を見るだけで終わってしまう。

まこと、「しづ心なく」というように、心が静まる暇もなく、慌ただしさだけが残り、桜が終わってむしろほっとする。

そんなことをくり返すうちに、桜に対する苛立ちが生じたのかもしれないが、今年だけはいままでといささか様子が違う。

どうやら、閑職に廻されたおかげで、この春は桜の美しさを満喫できそうだとは、皮肉なめぐり合わせではある。

桜ときいて、真っ先に思い出すのは京都の桜である。たとえば平安神宮の枝垂れ桜や、ライトアップされている白川ぞいの夜桜、さらには醍醐寺、仁和寺、城南宮など、桜で名のある寺社は無数にある。

これまで、久木は取材や打合せなどで関西へ行く機会を利用して、駆け足ながら、これらの桜のいくつかを賞でてきた。

みなそれぞれに美しく、ときには息をのむほどの華麗さだが、見方を変えると、少し道具立てが整いすぎている気がしないでもない。

それというのも、京の桜はまわりの古い寺社や庭園などとよく馴染み、さらにそのうしろには緑の山々が控えている。花もさることながら、それを支える背景の絶妙さでひときわ引き立つが、このあたりが、付加価値で人目をそそるブランド品と似ているといえなくもない。

さすがと、みなが感服し、褒めそやす桜もいいが、桜本来の美しさだけで、凜と立っている桜も捨てがたい。そしてさらにいえば、あまり人がおしかけてこない、静かなたたずまいの桜も風情がある。

考えた末、久木が思いついたのは、伊豆の修善寺であった。そのあたりなら、東京からさほど遠くないし、山懐に抱かれた湯の街だけに、桜も宿もひっそりとして落ち着きがある。

久木がそう決めて、凜子とともに出かけたのは、四月の二週目の日曜日の夜であった。

例年の花見どきからみると少し遅いが、四月に入ってからの冷えこみで花は長もちして、伊豆一帯はいまが満開らしい。まさに、春酣（はるたけなわ）といったところだが、同じたけなわでも、春闌の字のほうがふさわしいような、爛熟の春の一日であった。

久木は凜子とともに渋谷の部屋から出かけたが、ベージュのオープンシャツに、同色の濃いジャケットという軽装である。凜子は淡いピンクのスーツの襟元（えりもと）に花柄のスカーフをそえ、グレーの帽子をかぶって、手にやや大きめのバッグを持っている。

旅に出る前の日、凜子は家に春の衣類をとりに行って、夫と会ったはずだが、そのことについては、まだなにもきいていない。

いったい、その後、凜子の家庭はどうなっているのか。

今度の旅行を計画したときから、久木はそのことが気がかりだったが、こちらからきくのは控えていた。凜子も黙っているところをみると、あまり話したくないのかもしれない。

ただ四月初めに横浜の実家に行ってきたあと、凜子がぽつりと、「母に、はっきりさせなさい、といわれたわ」と告げたことがある。

いうまでもなく、それは凜子と夫との関係についてである。

すでに凜子の母親は、娘と夫とが不仲であることは承知で、さらに、凜子が外で不倫を重ねていることも、知っているはずである。そのことに怒り、親戚にはもちろん、他人さまにも顔向けできないと、凜子が厳しく叱られたのは、三月の半ばであった。

それ以来、凜子の母は、娘が不倫を重ねるのを見過すわけにいかず、早く決着をつけるように求めているようである。

しかし、久木が凜子からきいたところでは、離婚に応じないのは、むしろ凜子の夫のほうで、それが妻に対する一種の復讐のようだが、そこを凜子の母はどう思っているのか。

その点について尋ねると、凜子は「母に話しても、よくわかってもらえないの」と答えるだけで要領をえない。

たしかに、妻が外で浮気をしていることを承知で、離婚に応じない夫の存在など、古風な凜子の母親には理解しかねることかもしれない。

「三人で会って、よく話し合ってみよう、というのよ」

三人というのは、凜子と夫と、凜子の母親との三人らしい。

「母は彼を気に入っているから、話し合えば、なんとかなると思っているようだけど、わたしはできない」

凜子はそういってから、「まさかそんなところで、セックスの話まで、もち出せないでしょう」という。

凜子の夫への不満を問い詰めていくと、性格の不一致から、ひいては性の問題にまで行きつく。そのことをいっているのだが、同じ別れるにしても、そこまであからさまにいいたくないというのが、凜子の本心のようである。

凜子の家と同様、現状のままでよくないことは、久木の家の場合も同じである。

久木のほうは逆に妻のほうから離婚を迫られているが、まだそれにはっきり応じていない。これほど凜子との仲が深まっているのだから、応じればよさそうなものだが、いざ離婚となると心にわだかまるものがある。むろんそれは単純なものでなく、自分の身勝手から生じたことへの申し訳なさや、会社や友人、親戚などへ告知し、説明することの鬱陶しさもある。さらにいえば、凜子がきっぱり別れていないのに、その前に自分だけ別れることへの不安もあるし、なによりも、三十年近く続いてきた生活の形を根底からくつがえすことへの億劫さというか、気おくれのようなものもある。

ともかく、離婚は最終的な手段だから、なにも慌てることはない。そんな気持が、決定的な状態に入る一歩手前でとどめているが、妻の気持はどうなのか。

このところ家に帰っても、妻とはほとんど会話がなく、さし当り必要最小限のことだけ話して、またそそくさと出てくるだけだが、とくにいい争うわけでもない。人間はそれなりの環境に入れば、それなりに馴れてくるものなのか。二人のあいだは冷えきったまま、妙なおだやかさが続いている。

もっとも、だからといって、妻の気持が軟化したわけではなく、その証拠に、やはり四月初めに久木が家に戻ったとき、再び妻が念をおしてきた。

「あれ、忘れていないでしょうね」

瞬間、久木は離婚届けへのサインのことだと気がついたが、「ああ……」と軽くうなずいただけで、いつまで、という返事はしなかった。

そのまま出かけようとすると、妻が追いかけるようにいう。

「わたしも、明日からいませんから」

「どこへ行くの？」

思わずきいてから、いまさら、妻の行先を問い詰めるほどの立場にないことに気がつく。

「別に、あなたに関係ないでしょう」

思ったとおり妻の態度は冷ややかで、とりつくしまもない。

いつのときも、女の態度は毅然として明確である。それはとくに別れるときに鮮やかで、凜子も妻の文枝も、一度、別れると決めたら、断固として揺らぐ気配はない。

これに比べると、男はなんと曖昧で不確かなのか。それは久木にかぎらず、男という性、すべてに通じるところで、どこか踏んぎりが悪く、決断力に欠ける。

もうそろそろこのあたりで、妻とのあいだも、はっきりさせたほうがいいかもしれない。

久木はそんなことを考えながら、東京駅へ向かい、凜子と並んで席に坐った。

電車は新幹線の「こだま」で、三島まで行き、そこで伊豆箱根鉄道に乗り換えて修善寺へ向かう。花見どきだが、日曜日の午後の下りのせいか、電車は空いている。

いままでなら、土曜日に出かけて日曜日に戻ることが多かったが、今回は週末の人出を避けて、日曜に出かけて月曜日に帰る。こんな優雅な旅をできるのも、仕事が暇なおかげで、最近の久木は閑職にあることを嘆くより、むしろその余裕を楽しむ気分でいる。

三島からの電車も空いていて長岡、大仁(おおひと)と、中伊豆を奥へすすむにつれて、人家は減って山並みが迫り、その山肌に、桜が咲き誇っている。染井吉野が多いようだが、すでに満開で、そこだけが緑の山肌から浮き出て、ピンクの花笠を見るようである。

「こんな電車に乗ってみたかったわ」と凜子がいうとおり、電車は各駅に停り、ときには待ち合せをして車掌の笛の音を合図に動き出す。のどかな春の午後にふさわしいローカル線である。

電車はさらに山ぞいの川と平行してすすむ。天城山系から流れる水を集めて駿河湾に注ぐ狩野川(かのがわ)だが、ところどころで釣人が糸を垂れている。まだ鮎には早そうだが、流れは澄んで、このあたりがワサビの産地として有名なことも納得できる。

山々と桜と清流と、都会にない風景に見とれているうちに、ほぼ三十分で電車は終点の修善寺駅へ着く。

千年以上も前、弘法大師が見出したという古い温泉郷だが、「修禅寺物語」でも知られるとおり、源氏ゆかりの土地でもある。湯の町のせいか桜は早くも散りかけ、花片(はなびら)が久木と凜子と、二人の肩口にやわらかく降りかかる。

修善寺ときくと、伊豆の温泉郷だと思っている人が多い。事実、そのとおりだが、同時にここには、空海によって開かれた修禅寺という由緒あるお寺がある。

この寺は駅から南西へ車で数分、朱塗りの虎渓橋と道路一本へだてた位置にあり、正面の急な石段を登って山門をくぐると、竹林に囲まれた境内の先に本堂が見える。

いまから八百年前、源範頼(みなもとののりより)は兄頼朝(よりとも)によってこの寺に幽閉(ゆうへい)されたのち、梶原景時に襲われて自ら命を絶った。さらに頼朝の子、頼家(よりいえ)も、北条時政によって虎渓橋ぎわの箱湯で殺された。岡本綺堂の「修禅寺物語」は、この悲劇をもとにつくられたもので、のちに北条政子は、わが子頼家の死を悼(いた)み、近くの山裾(やますそ)に指月殿を建立した。

こんな修禅寺にまつわる血腥(ちなまぐさ)い事件とは裏腹に、やや縦長の本堂はゆるやかな起伏の屋根をもち、うしろの山の木立ちともよく合って、高貴な女性の立ち姿のような、妙な艶めかしさがある。

久木と凜子はそこでお参りをしたあと、橋を渡った山裾にある指月殿と頼家の墓に詣でてから、再び車に戻る。

すでに五時を過ぎて陽は翳(かげ)りかけているが、なお春の明るさを残している。

川沿いに延びた狭い温泉街を行くと、やがて道が開け、その先に今日の宿が見えてくる。

入口には、どっしりとした大棟門があり、その先に山型の破風(はふ)がついた広い玄関が見える。

車はその前で停り、迎えに出た仲居がすぐなかへ案内してくれる。

ロビーは広く、木の目を生かしたテーブルと籐椅子がおかれ、その先に池が見える。

凜子が「素敵」とつぶやいたのは、池に浮いている能舞台を見たときである。五、六百坪はあろうか、左右に広がる池の彼方に、入母屋造りの能舞台が幽玄な姿を水に映し、その奥の崖は鬱蒼とした樹林におおわれている。

まさに、山を分け、川を遡ってきた果てに突如出現した別世界に、凜子は瞬きもせず見とれている。

仲居が案内してくれたのは、二階の奥の角の部屋で、入るとまず四畳半の控えの間があり、その先に十畳の和室がある。さらに広く区切られた窓ぎわに一段低い板の間があり、そこから池の一部が見下ろせる。

「ねえ、見て下さい、桜が満開ですよ」

凜子に呼ばれて窓ぎわへ行くと、すぐ左手に満開の桜が目の高さにあり、手をさし出すと花に届きそうである。

「桜を見たいといったから、この部屋を用意してくれたのかもしれない」

この宿は久木も初めてで、以前、出版部にいた友人から、修善寺に能楽堂のある落着いた宿があるときいて、紹介してもらったのである。

「ほら、花片が散ってるわ」

夕暮れになって微風が出てきたのか、さし出した凜子の手に花片がとまり、それがさらに眼下の池に落ちていく。

「静かだ……」

ここまできたら、もはや仕事も家庭も離婚のことも遠い別の世界のことのように思われる。

久木は山あいの空気を吸ってから、桜に見とれている凜子を後ろからそっと抱き寄せる。見られるとでも思ったのか、凜子は顔をそむけるが、前にあるのは満開の桜と静まり返った池だけである。

久木は軽く接吻を交してから、耳許に囁く。

「あれ、持ってきたろう」

「なあに……」

「赤い襦袢さ」

「命令だから、持ってきたわ」

凜子はそれだけいうと、窓ぎわから離れてバスルームへ消える。

花の散る部屋に一人残って、久木は煙草に火をつける。

窓はあけてあるが、寒さは感じない。花どきの陽気の名残りが、開け放たれた窓の内にも外にも漂っているようである。

心地いいが、どことなく気怠い感覚のなかで、久木はふと口ずさむ。

「願はくは花の下にて春死なむその如月の望月のころ」

かつて自ら官職を捨て、自然のままに流浪して生涯を終えた西行の歌である。

部屋で仲居さんの淹れてくれたお茶を啜り、一休みしてから二人はお湯を浴びに行く。

一階へ降りた廊下のわきに、男女それぞれの浴場があるようだが、久木はその先の野天風呂を覗いてみる。

午後六時を過ぎて、暮れなずむ空は青から紺に移りつつあるが、まだ暮れきってはいない。そんな夜のはじまる前の一瞬だが、野天風呂には誰もいない。

やはり日曜の夜は、泊り客も少ないのであろうか。静まり返った風呂には、岩場を伝って落ちてくる湯の音だけが単調に響いている。

「入ろうか」

久木が誘うと、凛子が戸惑った表情を見せる。

「大丈夫だよ」

もし、誰かが入ってきても、二人でいたら遠慮してくれるかもしれない。

久木がさらに誘うと、凛子も決心したらしい。少し離れた位置で背を向けて脱ぎはじめる。

十坪くらいはあるのだろうか、楕円形のゆったりした岩風呂だが、天井は蘆の平網代でおおわれ、まわりは葦簾(よしず)で囲われている。さりげなく人目を避けながら、自然の風情を残して気持が安らぐ。

久木が岩に背を凭(もた)せたまま手足を伸ばしていると、凜子がタオルを手に入ってくる。そろそろと一歩ずつ足先を湯につけて、慎重である。

久木は凜子の全身が湯につかるのを待って、池と境いするところまで招き寄せる。

「見てごらん」

野天風呂の端に身を横たえて見上げると、そのあたりは網代の天井が切れ、夜空が直接望まれる。真上に、先程の満開の桜が浮かびあがり、その先に淡い藍を流したような空が広がっている。

「こんな色の空を見るのは、初めてだわ」

月も星もない夜空から、桜の花が舞うように落ちてくる。

その花片をとらえようと、凜子が手を伸ばすと、またひとつ花片が散ってくる。

暮れなずむ空の下、花片を追う凜子の白い軀は夜に舞う蝶のように、妖しく美しい。

風呂からあがると、間もなく部屋で食事がはじまる。

少し肌寒いので、久木も凜子も浴衣の上に羽織を着て窓を閉めるが、その端から光を受けた桜が顔を覗かせている。

夜桜を見ながらの食事だが、料理にも、蕗(ふき)の青煮や独活(うど)のごま和(あ)えなどがさりげなく添えられて、季節感にあふれている。

久木は初めビールをもらい、じき地元の辛口の燗酒に変えてもらう。

初めの一杯だけは、仲居さんが注いでくれたが、彼女が去ってからは凜子が気をつかって、飲み干すと、すぐ注いでくれる。さらに、太刀魚（たちうお）と芹（せり）の吸鍋に移ると、火加減を見て、ほどよくあたたまったところで、小鉢にとってくれる。

久木は、そんな凜子の甲斐甲斐しさを見ながら、ふと家での食事を思う。

以前はともかく、この数年間、妻と食事をしても、こんなに甲斐甲斐しく気をつかってくれることはなかった。長年の倦怠と感情の行き違いの結果とはいえ、これほど違うものなのか。

久木はいまさらのように、愛の有る無しによる違いを感じるが、凜子の家庭はどうなのか。

夫と二人で食事をするとき、凜子もやはり夫に冷ややかに接しているのだろうか。いや、それ以上に、凜子はもう夫とともに食事をすることは、ないのだろうか。

とりとめもなく考えながら、久木は凜子に酒を注ぐ。

「二人で食べると、食事が美味しい」

「わたしもよ。どんな豪華なお料理でも、素敵なところへ行っても、好きな人と一緒でなければ意味がないわ」

久木はうなずきながら、改めて愛の移ろう怖さを思う。

かつては妻に憧れ、胸をときめかすときもあったのに、いま二人のあいだは冷えきり、離婚寸前である。凜子もそれなりに夫を信じ、愛を誓ったこともあったろうに、いまは離れ離れである。

考えてみると、いま二人は結婚という状態からみると、ともに酔い醒め男と、酔い醒め女である。

その二人が互いに差しつ差されつしながら、新しい酔いに落ちていく。

ビールを一本、お銚子を数本飲んだだけだが、久木は軽い酔いを覚えた。

やはり凜子と二人だと、気持が和(なご)んで酔うのが早いのかもしれない。

窓を見ると、相変らず左の端から、満開の桜が顔を覗かせている。

「少し、下へ行ってみようか」

階下のロビーへ行くと、池をはさんで能舞台が見えるはずである。

仲居がお膳を下げてくれるのを待って、二人はタオルを持って部屋を出る。

階段をおり、先程行った野天風呂への入口の前をとおりすぎ、さらに一段下った廊下を行くと、正面にロビーが見える。

その右手は戸がすべて開け放たれ、池の上に板張りの露台が突き出ている。

久木と凜子は、その露台の椅子に並んで坐り、思わず溜息をつく。

先程、宿に着いたとき、ロビーから池に浮かぶ能楽堂を見て溜息をついたが、いまはそのときとはまた違う。

夜に入って露台の欄干の端々に明りが灯(とも)され、池をこえて建つ能舞台にも光が当てられている。舞台は三間四方で床は鏡面のように輝き、その奥の大羽目板には老松が描かれている。

能舞台の左手には、やはり入母屋造りの白い障子でおおわれた支度部屋があり、この二つを池に浮かぶ橋掛りが結び、そのすべてが池面に上下対称に映し出されている。

まさに一幅の絵だが、この能舞台は加賀前田家の邸内にあったのを、明治の末、富岡八幡宮を経て、現在の地に移築されたものらしい。

以来、ここでは能楽をはじめ、舞い、琵琶、新内節などが、池をかこむ篝火(かがりび)の明りの下で催されてきた。今夜はその種の演目はないが、山の冷気のなかで舞台は静まり返り、一層、幽玄の趣(おもむ)きが深い。

久木は凜子と肩を寄せ合い、ひたすら舞台を見詰めながら、いまにも闇の奥から、狂気の面をかぶった女と男が現れ出るような錯覚にとらわれる。

二人で薪能(たきぎのう)を見たのは、去年の秋であった。

鎌倉へ行った折り、大塔宮の境内で催されたお能を見て、そのあと七里が浜に近いホテルに泊って、一夜を過した。

あのころ二人はまさしく燃え盛っていたが、正直いっていまほど追い詰められてはいなかった。逢瀬が終わると、凜子はまだ家に帰っていたし、久木も妻を気づかいながら戻っていた。

それから半年余しか経っていないが、二人の家庭はまさに壊滅状態に近い。

「あのときは、天狗の面をかぶっていた」

鎌倉で見た狂言のことだが、当時は、ともにまだ笑いに興ずる余裕があった。

「でも、ここは狂言が似合わないかもしれない」

この山深い幽玄な舞台では、もう少し人の心にくいこむ、情念の奥底を抉り出すような演しもののほうが、似合っているようである。

「しかし、不思議だ……」

久木は池面に揺れる、露台の明りを見ながらつぶやく。

「昔の人は、ここまできたら、もう誰にも見付からないと思ったのだろうか」

「二人で、逃げた人もいたのでしょう」

「男と女と……」

久木はそういってから、能舞台の奥の黒々と静まり返った山を見る。

「あそこに、君と二人で住んでも、同じかもしれない」

「いつか、飽きるというのですか？」

「男と女は、一緒になったときから、怠惰という病いが忍びこむ」

正直いって、いま、久木は愛について懐疑的である。少なくとも青年期のように、愛し合っていさえすれば、二人の愛はいつまでも続くと思いこむほど、単純ではない。

「もしかすると、愛が燃える期間は、そう長くはないのかもしれない」

「わたしも、そう思うわ」

凛子にうなずかれて、久木はむしろ狼狽する。

「君も、そう思う？」

「だから、燃えているうちに果てたいわ」

光のなかに立つ能舞台に魅せられてか、凛子のいうことは妖しく、不気味である。

久木はふと肌寒さを覚えて、懐に手をさしこむ。

花冷えなのか、夜に入って少し冷えてきたようである。

「行こうか……」

このままいると舞台の妖しさにとり憑かれたまま、遠い昔の世界に引きずりこまれそうである。

久木は立上り、舞台に別れを告げるように、いま一度振り返ってから露台を去る。

部屋に戻ると、ほどよく暖められていて、奥の窓ぎわに寄せて布団が敷かれている。

久木は一旦、敷かれている布団の上に仰向けに寝てみるが、ふと見上げると、窓ぎわの桜がこちらを眺めているようである。

もしかすると、今夜のことは、すべて桜に盗み見られるかもしれない。そんな気がして凜子を呼ぶが返事がない。

そのまま軽く目を閉じて横たわっていると、凜子がバスルームから出てくる。羽織は脱いで浴衣だけになり、巻き上げていた髪は元結(もとゆ)いを切ったように両側に落ちている。

「襦袢を、着ないの?」

久木がきくと、凜子が立止まる。

「本当に、着るのですか」

「だって、持ってきたのだろう」

凜子は納得したのか、無言のまま控えの間に消える。久木は明りを枕元のスタンドだけにして、再び夜の窓を見る。

山深い宿で、幽玄な能舞台を見たあと、女が赤い襦袢に着替えるのを待っている。

なにかひどくそぐわない、幽玄と淫蕩と、相反するものを求めているようにみえながら、その実、二つのあいだには意外な共通性がありそうにも思える。たとえば能には、「神・男・女・狂・鬼」と、いわゆる五番立ての分類があり、そこにはおのずと、男と女の情念が秘められている。

いま少し前、久木は能の舞台を見て荘厳な気持にとらわれたが、そのうちなにやら妖しい、艶めいた気分に、かきたてられたことも事実である。

ものには常に表裏があり、尊厳の裏に潜む淫蕩、静謐の奥に隠されている痴態、道徳の陰に息づく背徳こそが、人生至上の逸楽である。

久木がとりとめもなく考えていると、襖を開けて、緋の襦袢をまとった凜子が現れる。

瞬間、久木は床から起き上って、目を瞠る。

いま、襖を開けて現れた凜子は、まさしく朱一色の、緋色の襦袢を着ているが、顔は童女のようなあどけなさである。

淡く、低い位置にあるスタンドの明りに映し出された凜子の姿が、大きな影となって天井まで延び、久木は一瞬、能舞台に女性のシテが現れたような錯覚にとらわれる。

不思議に思ってさらに目を凝らすと、凜子の顔は次第に女面の孫次郎のように、成熟した女の、美しさと憂いと、妖しさを秘めているように見える。

そのままものもいえず、ただ見とれている久木の前に、緋色の襦袢に面をかぶった女がゆっくりと近づき、両手を差しのべて久木の首に廻そうとする。

久木は思わず身を竦め、首を左右に振ってから、はじめて正気づいたように、ひとつ大きく息を吸う。

「驚いた……」

久木のつぶやきに、能面の凜子はかすかに笑い、そこでようやく、いつもの凜子の柔和な表情が戻ってくる。

「なにか、お能に出てくる女性を見ているような気がした」

「さっき、舞台を見たからですよ」

「それにしても、似ていた」

久木は以前、黒い地から浮き出た、孫次郎作という女面の絵を見たことがある。おだやかで柔和な表情のなかに、強烈な情念と淫らさが潜んでいるような気がしたが、いまの凜子の顔もそれに近かった。

「静かで、控えめなのに、淫蕩なのだ」

「誰がですか？」

「お面がさ……」といってから、久木はいきなり凜子を抱き寄せる。

不意をくらって、うつ伏せ気味に倒れるのを久木はかまわず、上からおおいかぶさる形で、耳許に囁く。

「面を剝がしてやる」

男はいま悪魔になって、女の襦袢のなかに潜む淫らさを暴き出そうとする。

それにしても、緋色は不思議な色である。濃く明るい朱色であるが、それは同時に血の色でもあり、見る者に一種異様な興奮をかきたてる。

なかでも緋色の襦袢は格別で、色白の、慎ましやかな女がこれを着たとき、オスという性癖をもった男達はことごとく、目を輝やかせて発情する。

いま久木は、その緋色の襦袢を着た凜子を上から抑えつけ、真紅の美肉に群がる獣の様相で、強くたしかに抱き締める。

それは緋色を見た高ぶりもあるが、同時に、男の好色な希望をとり入れて、素直に襦袢をつくって持ってきた、女の従順さへの感謝の気持もある。

そのまま、久木は、緋色の縮緬（ちりめん）が肌に触れる心地よさを堪能してから、徐々に力をゆるめ、今度は乱れた襟元から見える、胸の谷間に手をさし込む。

「待って……」

いずれ脱がされることは承知していながら、あまりの性急さに、凜子は身を退き、侵入してくる手を抑えたところで一息つく。

「これ、大変だったのよ」

久木はなお、片手を凜子の胸元で遊ばせたまままきき返す。

「つくるのが？」

「できあがって呉服屋さんから家に届いたとき、わたしがいなかったので、あの人が受け取って……」

凜子はこのごろ、夫のことを、「あの人」という。

「わかったの？」

「なに気なく見たら、赤い襦袢だったので驚いたのだと思うわ。なににつかうのだと、しつこくきかれて」

「普段でも着物の下に着ることがあるだろう」

「でも、あの人はわかったみたいで、これを着て他の男と寝るつもりだろうと……」

もう数年、凜子は夫とは性的な関係はまったくないといっていたが、その夫が妻の緋色の襦袢を見て、怒り狂ったということか。

「それで？」

「売女（ばいた）といわれたわ」

瞬間、久木は、自分が罵声を浴びたような気がして、思わず凜子の胸元から手を離す。

たしかに緋色の襦袢は、遊女が着たものである。軀を売る女が男の気を惹き、高ぶらせるために、濃い朱の襦袢を身につけて媚（こ）びを売る。

そのかぎりでは、下品な衣類といえなくもないが、それにしても「売女」とは非道（ひど）すぎる。

だが、凜子の夫の立場に立ってみると、そういいたくなる気持もわからぬわけではない。長いあいだ夫を避け、性的関係をもとうとしなかった妻が、他の男の要求を入れて赤い襦袢をつくっている。そうと察した瞬間、夫の怒りが爆発したのは無理もない。

「それで……」

怖いもの見たさの気持で、久木はきいてみる。

「打たれた？」

「そんなことはしないけど、突然、切り裂くといって……」

「襦袢を？」

「やめてといったら、今度はいきなりわたしをとらえて両手を縛って……」

凜子はそこで、いやいやをするように首を左右に振って、

「とても、いえないわ」

「かくさないで、いってくれ」

久木が頼むと、凜子は軽く唇を嚙んでから、

「無理矢理、わたしを脱がせて、裸にして……」

「求めてきたのか」

「あの人はそんなことはしないわ。売女といった女に、そんなことはできないでしょう。でもかわりにそんな形のまま……」

久木は息を潜めて、凜子の言葉を待つ。

「淫らな女には、こんな罰がいいといって、カメラを持ってきて……」

「写真を撮った？」

うなずく凛子を見ながら、久木はあぶな絵を見ているような気がしてくる。たしかにそれは異様で凄惨（せいさん）ではあるが、嫉妬する男の憎しみと情念が滲みでているようでもある。

「わたし、もういやだわ」

突然、凛子が叫ぶ。

「もう、絶対、家に帰らない」

凛子はきっぱりというと、閉じた瞼のあいだからかすかに涙が洩れてくる。

たとえ妻の不貞を察したとはいえ、夫が妻の両手を縛りあげ、裸にするなど尋常ではない。とくに直接、軀に触れるわけでなく、カメラにおさめて辱（はずか）しめるなど、いかにも冷酷な科学者らしい復讐である。

これでは、凛子が二度と家に帰らないというのも無理はない。断じて、そんな男のところへ戻るべきではないし、戻しはしない。

久木はそう思いながら、凛子の話をきくうちに、なにやら妖しい気持にとらわれたこともたしかである。夫のやり方は非道いと思いながら、凛子が戒（いまし）めを受けている姿を想像すると、なぜともなく頭が熱くなる。

久木は改めて、凛子の軀をおおっている絹の襦袢に触れながら思う。

この一枚の襦袢が、凛子の夫と自分と、二人の男の憎悪と愛着をかりたてて狂気に走らせる。

やはり、緋の色は、男達を狂いの世界へ導く凶器なのかもしれない。

考えるうちに、凛子の夫の行為に刺激されてか、久木のなかに新たな欲望がわいてくる。

凛子が、夫にそんなことをされたのなら、それ以上のことを凛子の軀にくわえてやる。

久木は自らにそういいきかせると、ゆっくりと上体を起し、緋の襦袢の凛子をしばらく眺めてから、襟元を左右に分けていく。

すべてを話し終えた凛子は、仰向けのままおだやかに目を閉じている。夫の前では必死に抵抗したはずだが、いまは愛している男のするがままに、逆らう気配は微塵もない。

久木はそのことに安堵と軽い優越感を覚えながら、さらに腰紐に手をかけ、結び目を解くと、裾を軽く左右に分ける。

瞬間、久木の脳裏に、カメラをかまえた凛子の夫の姿が浮かび上がる。

いま、緋色の襦袢が割れたあいだから、白く形のいい脚が二本覗いて見える。その脚元に隠れている秘めやかな個所まで、夫のカメラの蹂躙に曝されたのか。

そう思った瞬間、欲望に火がつき、久木はそのまま雪崩れ込むように、顔から股間に突っ伏していく。

加虐と被虐が隣り合わせであるように、愛しさと責め苦も接がり合っているのかもしれない。

いま、久木は凛子の股間に顔を伏せ、唇は秘所に息づくピンクの蕾を真上からおおっている。といっても、肝心の蕾の頂点には、やわらかな舌の先端が、触れるか触れぬかの軽さで、左右に揺れているだけである。

暴力や強引さとは程遠い、かぎりなく優しく、舌の先だけのやわらかな愛撫だが、それがかえって辛いのか、凜子は徐々にすすり泣き、悶えだす。

初めはひたすら忍びやかに、糸を引くように咽び泣くだけであったのが、やがて途中から喘ぎの声に変り、いまは小さな震えとともに上体をそらせ、舌に包まれた蕾は熱をもったように膨らみ、いまにも弾けそうである。

もはや断末魔に近いと知りながら、男の両手はしっかりと女の両脚をとらえ、唇はしかと秘所を確保したまま揺るがない。「もうだめ」といい、「やめて」と訴え、「許して」と哀願しても、一度吸いついた唇は離れはしない。

もともと、男はそれを、刑罰のためにはじめたことである。

不注意から夫に緋の長襦袢を見つけられ、大切なところを蹂躙された、それを罰するためにおこなわれる仕置きである。たとえ、泣き、哀願し、悶えたところで、許されるわけはない。

男は、いまや女の感覚が股間の一点に集約され、燃え上り、もはや耐えきれぬ限界にきたと知った途端、急になにかを思い出したように舌の動きを止める。

いま、このままゆき果てさせたのでは、仕置きにならない。男はそれより、はるかに残酷で、女が息も絶え絶えに長々と苦しみ、泣き続ける姿を見なければ納得しない。

女は男の舌の動きが急に止まったことで、「おや」と思い、「どうして」と身をよじらせ、燃えかかった身をくねらせ、拗ねる。

その咄嗟の中止で、果てかけた高ぶりがわずかに静まりかけたところで、男の舌は再び動きを開始し、女は慌てふためく。

すでに燃え盛っていただけに蕾はたちまち炎にまみれ、女は果てる直前へ何度も何度も押し返されながら、その実、果てきれぬ無間地獄の責め苦のなかを、終りも知れずさ迷い続ける。

そのまま凜子は何度果てかけて、何度とどまり、何度とどまって何度果てかけたことか。その回数は、凜子はもちろん、久木も数えきれない。

ただ最後に、長い責め苦から解かれてようやく果てるのを許されたとき、凜子は遠い霧笛のような、低く切なげな声とともに、一本の棒のように引きつりながら、ゆき果てた。

その瞬間、久木は凜子が息を停めたかと、思わず顔を窺い、閉じられたままの瞼が小刻みに震え、ほとんど脱げるほどに乱れた、緋の襦袢の間から覗いた胸が、かすかに波打っているのを見て、初めて大丈夫と安堵する。

それにしても、いまの仕置きは、凜子に対して充分の効果をあげたようである。

なによりも、この仕置きのすぐれているところは、女の悶え苦しむのに比して、男の消耗度が軽いことである。この形なら、男は何度かくり返して、女を責めることができる。

「辛かった?」

いま、久木は勝ち誇ったような気持で、凜子にきく。

「参った?」

さらにきくと、凜子はいきなり拳を振り上げ、久木の顔といわず胸といわず滅多矢鱈に叩きつけ、そのままおおいかぶさるようにのしかかってくる。

「ねえっ……」

強く、促す口調で迫る凜子は、まさに髪ふり乱して夜叉に近い。長く、意地悪な接吻で、蕾の一点だけは異様に燃えて果てたが、肝心の花芯は熱したままとり残されて、もはやこのままではすまされぬようである。

さらに全身をおしつけてくるのに、久木は応じかけるが、咄嗟に、ここで素直に結ばれては、いままで責め苛んだ価値がないことを知る。

最後に結ばれる前に、いまひとつ、さらなる仕置きを与えるべきである。

そう決した男は、火のようになった女を両手で抱き締め、口といわず耳といわず、触れるを幸い接吻をし、さらに喉元から肩口、果ては胸から乳房まで襲う。

そのまま、ときに強く吸い、ときに歯型が残るほど嚙みながら、久木は凜子の軀に、情事の揺るがぬ烙印(らくいん)を、捺(お)していているつもりである。

女のやわらかい蕾を責め、喉から胸へ接吻の嵐を降らせたあと、久木は凜子と結ばれながら、なおその先に、凜子の夫の影を追っていた。

むろんまだ、彼の姿を見たことはなく、凜子の話から想像するだけだが、凜子という媒体を通して、彼と戦っているような錯覚におちいっていた。

とはいえ、この戦いの帰趨は初めから見えていて、とやかくいっても彼が敗者で、自分が勝者であることは明らかだが、それでもなお、凜子のなかにかすかに巣食う、夫の残渣を完全に払拭しきりたい。

勝ちとわかり、相手は弱りきっていると知りながら争い、戦うことほど小気味よく、盛り上るものはない。とくに性においては、自分のほうが優位にあると思うことが、男のさらなる自信と逞しさをかきたて、その威力は倍増する。

久木の闘争心は、凜子にも適確に伝わり、結ばれてからも、凜子は何度か行き果て、もはや「だめ」とつぶやき、「やめて」と訴える。まさに男がオスとして女の上に君臨し、充分翻弄し尽したあと、男も果てて、ようやく狂いの宴は終る。

ここまでにいたる狂態のすべてを見詰めていたのは、窓ぎわの満開の桜しかない。

だが久木も凜子も、桜の存在などとうに忘れて、乱れに乱れた布団の上に横たわっている。

それでも情事の余韻から、初めに甦ったのは、男の久木のほうだった。

軽くつっ伏していた位置から、ゆっくりと上体を起し、すぐわきに凜子が横たわっているのを見届けると、うしろから寄り添い、軽く耳許で囁く。

「よかった?」

久木の問いに、凜子は目を閉じたままうなずく。

「凄く……」

前半、蕾への長い長い接吻から、嚙むほどの愛撫を経て結ばれた。その経緯の結果をきいたのだが、凜子はやはり同じようにうなずいて、

「もう、駄目だというのに、やめないから……」

「お仕置きだからね」

「このごろ、あなたは、〝やめて〟といってもやめないでしょう。わたしだんだん、そんなやりかたに、慣らされてきたのかもしれない」

凜子のいいかたはどこか気怠げで、そのなかにかすかな甘えがある。

久木はそれをききながら、再び女の不思議さを思う。

つい少し前、凜子は悶え、苦しみ、ときには息も絶え絶えに、「やめて」と囈言(うわごと)のようにいい続けていた。

だがいま、情事を終えて振り返ると、そのことを恨むどころか、むしろ満足し、さらには、やめてといっても、やめぬところがよかった、とうそぶく。

「しかし、わからない」

久木は改めて溜息をつく。

「もう、あれ以上責めたら、死ぬようなことをいっていた」

「そう、そのとおりよ」

「でも、それがいいのだろう」

「あなたになら、なにをされてもいいのよ」

女にそんなことをいわれると、勝ち誇りたい気分になるが、それにしても、そこまで果てしなく深まっていく、女の軀そのものがやはり不気味でもある。

ともかくいま、凜子は性のすべてを呑みこんで揺るぎない。その広大さはまさしく海に近い。辛い責め苦も加虐も、献身（けんしん）も、すべて軀のなかにとり込んだ瞬間から、愉悦という大海原に溶けこましてしまう。

久木はゆっくりと上体を起し、額を凜子の胸元にのせてみる。

そのまま、さらに片手を凜子の肩口にさし込むと、はだけたままの襦袢の袖（そで）に触れる。それを寄せるように軽く引くと、脇から袖口へ切れ目があり、その端から赤い糸がもつれてくる。

「破れているよ」

久木が裂けたあいだから手をさしこむと、凜子がその手をおし返しながらいう。

「違うわ、それ、あの人が切ったのよ」

「彼が？」

「怒ったときに引き裂いて。それで急いで縫ってきたから……」

久木は改めて、緋の襦袢の裂け目に触れながら、それが凜子達夫婦のあいだに生じた赤い傷口のように思えてくる。

襦袢が破れていることが気になったのか、凜子は起き上り、バスルームへ消える。

それから数分経ってから、今度は慌てたように戻ってくる。

「大変、困ったわ」

なにごとかと思って振り返ると、凜子が両手を襦袢の襟に当てている。

「ひどい傷よ、あなた嚙んだでしょう」

たしかに先程、結ばれる前に接吻をしながら、強く吸い、軽く嚙んだところもある。

「ほら、見てごらんなさい」

凜子は久木の前に坐ると、襟を分けて、胸をはだける。

「ここも、ここにも、あるでしょう」

凜子のいうとおり、首の左側と胸の鎖骨のあたりと、乳首のまわりにも、赤く、血が滲んだような痕がある。

「こんなになって、わたしもう戻れないわ」

「さっきから、家には戻らないといったろう」

「もちろん、家には戻らないけど、こんな痕があっては外も歩けないでしょう」

「大丈夫だよ」

久木は凜子の首についた、赤い傷痕に指を当てながらいう。

「じき、消える」

「じきって、いつなの？」

「二、三日か、四、五日」

「そんなの、困るわ。わたし、明日、実家に行かなければならないのよ」

「ファンデーションでも、かくせばいい」

「それでは、わかってしまうでしょう。どうしてこんなことをしたの？」

きかれるまでもなく、首から胸元へ、誰が見ても激しい接吻の痕と思われる痣を残したのは、もはや凜子を夫の許へ戻れなくさせるためであり、同時に何度ものぼり詰める貪欲さへの妬みからでもある。

そのかぎりでは、久木の思惑どおりだが、いま改めて凜子の口から「帰らない」といわれると、いよいよ事態が容易ならざるところまですすんでいることを、実感せざるをえない。

「わたし、明日、母と会うのもやめるわ」

「でも、約束していたのだろう？」

「もう一度だけ、あの人と話してみるようにいわれていたけど、明日、母にははっきり断ります」

どうやら、この時点で、凜子はなおかすかに残っていた夫との絆まで、断ち切ったようである。

「ねえ、あなたは、どうなの」

今度は矛先(ほこさき)を久木に向けてくる。

「あなたも、帰らないでしょう」

「もちろん、帰らないよ」

「でも、ときどき、帰っているじゃない」

「あれは、着替えや、家にきている郵便物をとりに行くだけで……」

「それも、もう駄目よ、許さないわ」

凜子はそういうと、久木の胸元に顔を近づけて、いきなり乳首の上のあたりに噛みつく。

「痛い……」

久木が慌てて身を退くと、なお凜子がすがりついてきて、

「あなたも、帰れなくしてあげる」

「そんなことしなくても、帰らないよ」

「でも、男の人はすぐ気持が変るから」

さらに凜子の唇が吸いつき、歯を当てる。

久木はそのかすかな痛みに耐えながら、凜子と一緒に行きつくところまで行くよりないと、自らにいいきかす。

やがて凜子は久木の胸元からゆっくりと唇を離すと、その痕を静かに指先でなぞる。

「あんなに嚙んだのに……」

凜子のやわらかい肌にくらべたら、痣のでかたが薄いのが不満らしいが、それでもよく見ると、乳首の上に赤く歯型の痕が滲んでいる。

「ねえ、大人しくしているのよ」

いわれるままに、久木が仰向けに寝ていると、凜子が赤い襦袢の紐を手に持って、久木の頸(くび)の下に通す。

「そのまま、じっとしているのよ」

諭(さと)すようにいうと、今度は頸に巻きつけた紐を両側からゆっくりと絞めてくる。

「おいおい……」

久木はまだ冗談だと思っているが、凜子はかまわずさらに絞めてくる。

「やめろ、死んじまうじゃないか」

「大丈夫よ、これくらいでは」

凜子は突然、久木の上に馬のりになると、紐の両端を握ったまま問い詰める。

「こら、本当に、家に帰らないか」

「さっき、帰らないといったろう」

久木は頸と紐のあいだに、辛うじてさし込んだ指先で、これ以上絞まるのを防ぐ。

「もし、わたしに黙って帰ったら、本当に殺してしまうぞ」

「帰らない、帰らない……」

懸命にいうが、最後は息苦しさから咳（せ）きこんで、

「よしてくれ、阿部定みたいなことは、するなよ」

瞬間、凜子は絞めるのをやめたが、今度は、その状態で紐を結びながら、

「あの本、見せてくれるはずでしょう」

「約束どおり、持ってきている」

「じゃあ、いま見せて」

「このまま？」

「もちろんよ」

仕方なく、久木は頸に赤い紐をぶら下げたまま這うようにして鞄のところまで行き、なかから定の本をとり出して、布団に戻ってくる。

「もう、頸の紐はとっていいだろう」

「だめ、そのままで本を読むのよ」

凛子は紐の端を持ったまま、さらに仕置人のような口調でいう。

「横になって、あなたが一番、興奮したところを読みなさい」

なにやら、妙な恰好(かっこう)である。

夜更けた修善寺の宿の一室で、一組の男女が横たわったまま、一冊の本をはさんで向かい合っている。男は首に赤い紐を巻かれたまま本を持ち、女は紐の端を握ったまま耳を傾ける。

その本は、かつて性愛に耽溺した果てに、愛する男の首を絞めて殺し、その大切な個所を切り取って逃走した女が、取調べの刑事に語った内容を記したものである。

「長いけど、まず初めのところを読んでみる」

調書は五万六千字におよぶが、そのなか味は、阿部定の正直で悪びれぬ供述により、おのずと定という女の赤裸々な内容と、愛することの深さと重さが、鮮やかに描きだされている。

「じゃあ、いいかな」

久木が横向きになって頁を開くと、凛子が久木の胸元に寄り添う。

調書はまず、予(あらかじ)め検事から被告に対して、斯様(かよう)な事実に付き殺人及死体損壊事件として、予審請求になっているが、此の事実に対して何か陳述することがあるか、と尋ねられ、お読み聞かせのとおり、事実相違ありませぬ、と被告が答えてから、一問一答の形式になっている。

問　どうして吉蔵を殺す気になったのか。

答　私はあの人が好きで堪(たま)らず、自分で独占したいと思い詰めた末、あの人は私と夫婦でないから、あの人が生きていれば外の女に触れることになるでしょう。殺して了(しま)えば、外の女が指一本触れなくなりますから、殺してしまったのです。

問　吉蔵も被告を好いていたのか。

答　矢張り好いておりましたが、天秤(てんびん)にかければ四分六分で、私の方が余計に好いておりました。石田（吉蔵）は始終、家庭は家庭、お前はお前だ。家庭には子供が二人もあるのだし、俺は年も年だから、今更お前と駆落(かけおち)する訳にも行かない。お前にはどんな貧乏たらしい家でも持たせて、待合でも開かせ、末永く楽しもう、と云って居りました。然(しか)し私はそんな生温(なまぬる)いことでは我慢できなかったのです。

久木はつとめて淡々と読むが、凜子も息を潜めて聞き入っているようである。それを認めて、久木はさらに、定が石田吉蔵に惚れこんでいった過程を、刑事の調書にそって読み続ける。

問　被告は何故斯様に迄、石田を恋慕愛着したか。

答　石田の何処(どこ)が良かったかと云われても、此処(ここ)といって答えることは出来ませんが、石田は様子と云い心持でけなす所一つもなく、これ程の色男に会ったことはありません。四十二とはとても思えず、せいぜい二十七、八に見え、気持はごく単純で一寸した事でもとても嬉しがり、感情家ですぐ態度に表わし、赤ん坊のように無邪気で、私が何をしても喜んでおり、甘えておりました。また石田は寝間がとても巧みで、情事のときは女の気持をよく知っており、自分は長く辛棒して、私が充分気持よくなるようにして呉れ、一度情交してもまた直ぐ大きくなるという精力振りでした。私は石田が技巧だけでなく、本当に私に惚れて情事をするのかどうか試したことがありました。申し上げるのも失礼で恥ずかしいことですが、四月二十三日吉田家を家出したとき、私は月経でお腰が少し汚れていたのですが、それでも石田は厭がらず触ったり舐めたりして呉れました。二十七、八日頃、待合〝田川〟にいたとき、私が椎茸（しいたけ）のお吸物をあつらえ、石田に「本当に惚れ合うと椎茸やお刺身を前に付けて喰べるんだって」と云うと、石田は「俺だってしてやるよ」と云ったので、お吸物から椎茸を出して箸でそれを私の前に差込み、汁をつけてチャブ台の上へ置き、しばらく巫山戯（ふざけ）てから石田がそれを半分食べて私も半分食べました。私はそんな石田が可愛くて思いきり抱き締めながら、「誰ともよいことできないように、殺してしまいたい」と云うと、石田は「お前のためなら死んでやるよ」と云ってくれました。

問　そのあいだ、待合にい続けたのか。

答　五月四、五日頃、「満佐喜」にいましたが、お金が続かなくなり家に帰るというので、私が石田のものを取ってしまう、と云うと、石田は「家に帰ったってしやしない、お前だけだよ」と云いましたが、別れて一人になると嫉妬と焦燥で気が狂いそうになり、十日の夜、石田の店のある中野まで行って会い、石田が持ち出してきた二十円で、駅付近のおでん屋で飲んでから、「満佐喜」に行き、また泊り込むことになりました。

読んでいるうちに、久木はなにやら軀が熱くなってきたが、それは凜子も同じらしい。

初めはただ向かい合って横たわっていたのが、いつのまにか久木の胸元にひしと寄り添い、少しくぐもった声でつぶやく。

「すごく、生ま生ましいわ」

たしかに定の供述は正直というか、悪びれたところがなく、それがいっそう事件を生ま生ましく甦えらせる。

「でも、この女性は、なかなか頭のいい人なのかもしれない」

すでに事件のあととはいえ、自らの情事と、そのときの心情を語って淀むところがなく、しかも冷静で客観的である。

「前は、なにをしていたのですか?」

「もともとは神田の生まれで、派手でオシャマな娘だったようだが、畳商の実家が傾き、芸者に出て、いろいろなところを転々としたらしい。石田がやっていた小料理屋には、仲居として入ったが、名前は加代といっていた」

「ねえ、その人の写真を見たいわ」

久木は本の初めの、定の写真がのっているページを開いてやる。事件直後のもののようだが、丸髷を結い、面長な顔は目鼻立ちがすっきりと整い、静かな眼差しのなかに、どこか淋しさが漂っている。

「きれいな人ね」

「君に似ている」

久木は冗談でいったつもりだが、やわらかさのなかに、男心を惹きつける甘さがあるところは、凜子に似ていなくもない。

「わたし、こんなに美人じゃないわ」

「もちろん、君のほうが上品だけど」

慌ててつけくわえるが、この美しさのなかに女の魔性が潜んでいたのかもしれない。

「事件が起きたとき、定は三十一歳だった」

久木は再び本を片手に読みはじめるが、刑事の質問は、いよいよ事件の核心に迫ってくる。

問　五月十六日、石田の頸を絞めながら、関係した模様を述べよ。

答　其前十二、三日頃、石田は「咽喉を絞める事は良いんだってね」と云いましたから、「そう、それでは絞めて頂戴」と云い、絞めてもらいましたが、なんだかお前が可哀相だから厭だというので、今度は私が上になって石田の咽喉を絞めると、石田はくすぐったいから止せ、と云いました。十六日の晩、石田に抱かれていると、可愛くてどうしたらいいかわからなくなり、石田を噛んだりしているうちに、息が止る程抱き締めて関係する事を思い付き、「今度は紐で絞めるわよ」と云って、枕元にあった私の腰紐を石田の頸に巻きつけ、情交しながら頸を絞めたり緩めたりしていました。初め石田は面白がって舌を出すような巫山戯かたをしていましたが、頸を強く絞めるとお腹が出て、あそこがピクピクして気持ちがよいものですから、それをいうと、お前が良ければ少し苦しくても我慢をするよ、と云いました。でも石田はじき疲れて眼をショボショボさせたので「厭なんでしょう」と云うと、石田は「厭じゃない、俺の身体はどうにでもして呉れ」と云いました。なお紐を絞めたり緩めたりして二時間くらい巫山戯ているうち、十七日午前二時頃でしたが、私が下の方の具合ばかり見てつい力が入り、キュウと頸を絞めたため、「ウー」と唸ったまま、石田のものが急に小さくなったので、慌てて紐を離すと、石田は「お加代」と云って私に抱きつき、少し泣いたようでしたから、私は胸を擦ってやりました。それでも石田の頸は赤くなったまま紐の跡が残り、眼が少し腫れ上り、「頸が熱いよ」というので、風呂場に連れて行き、頸を洗ってやりました。そのときは顔も赤く腫れてひどかったのですが、石田は鏡を見ても、「ヒドい事をしたな」と云っただけで、怒ることはありませんでした。

問　医者には診せなかったのか。

答　診せようかと思ったのですが、石田が、「下手に呼ぶと警察に届けられるから止せ」というので、顔を冷やしたり身体を揉んだりしていましたが少しも治らないので、夕方薬屋に行き、「お客が喧嘩して咽喉を絞められ、頸が赤くなった」というと、カルモチンという薬をくれて、一度に三錠以上飲ませてはいけないといわれました。

突然、凛子が手を伸ばし、久木の頸にかかっている腰紐の結び目を解きはじめる。定の供述に、愛する男の頸を絞めすぎて、顔が赤く腫れ上ったとあるのをきいて、恐くなったのかもしれない。

久木は結び目が解けるのを待って、読み続ける。

問　事件前日の夜も待合にい続けたのか。

答　石田は顔が腫れたまま外に出られず、朝は柳川を食べただけでしたから、夜、薬を買いに出たついでに西瓜(すいか)を買ってきて食べさせ、そのあとウドンカケを一つとり、私はのり巻きをとりました。薬はカルモチンをすぐ三錠飲ませたのですけど、それだけでは効かないというので、六錠飲ませると、石田は眼をショボショボさせておりましたが、まだ眠りませんでした。それより、「もう金がないから、帰るよりない」と云いだし、「私は帰りたくない」と云うと、「この家にいると腫れた顔を女中に見られてキマリが悪いから、どっちみち帰らなければならない、お前は下谷かどこかにいて呉れ」と言いました。それでも、「どうしても帰りたくない」と云うと、「そんなに何もかもイヤだといっても仕様がない。お前も最初から俺に子供のある事は知っていたのだし、ソウソウ二人で一緒にいる訳にも行かない。お互に末長く楽しむためには、少し位の事は我慢して呉れなければ困る」と云うので、いよいよ石田は一時別れる気だなと思い、私が少し声を出して泣くと、石田も涙ながらに私に色々優しいことをいってくれました。でも優しく云われるほど癪に触って、云うことを聞き分けるどころか、石田とどうしたら一緒に居られるかと云う事だけしか考えられず、話は半分上の空で聞いておりました。

問　それで結局、その夜も泊まったのだな。

答　そんなことでグズグズしているうちに、注文した鶏のスープを女中が持ってきたので、それを石田に飲ませて、十二時頃二人で布団に入りました。石田はまだ顔が腫れて元気がなかったのですが、私が少しふくれていたので、前を舐めたり何かして機嫌をとってくれ、少し関係しました。でも石田はじき「眠いから眠るよ」と云い、お前は起きていて俺の顔を見ていて呉れ、と云うので、私は「見ていてあげるから、ゆっくり寝なさい」と云い、石田の顔の上に頰を擦りつけていると、石田はウトウトしはじめました。

久木は急に凜子に触れたくなって、片手を握り合ったまま調書の続きを読む。

問　殺すと決心するにいたったのは、いつか。

答　五月七日から十日迄、一人でいたあいだ、石田の事許り考えて辛い思いをし、いっそ石田を殺してしまおうかと思いはじめました。でもそのときはすぐ打ち消したのですが、十七日の夜、石田から頸を治したうえ、将来二人が立ち行くためにも、一時別れなければならないと云われ、そのあと石田の寝顔を見ているうちに、石田が家へ帰れば自分が介抱した様にお内儀さんが介抱するにきまっているし、今度別れればどうせ一月も二月も会えなくなる。此間でさえ辛かったのだから、とても我慢できるわけはないと思い、どうしても石田を帰したくありませんでした。これまでも石田は、私が、心中して呉れとか何処かへ逃げてといっても本気にきかず、待合でも出して末永く楽しもうと云うだけでしたから、石田を永遠に自分のものにするためには、殺すしかないと決心したのです。

問　十七日の夜、被告の腰紐で熟睡中の石田の頸部を緊縛した顚末（てんまつ）を述べよ。

答　石田がウトウトしている時、私は左の手で石田の頭を抱える恰好で寝顔を見守っていましたが、石田がポッと目を開き、私が居るのを見ると安心したようにまた目を閉じて、「お加代、お前、俺が寝たらまた絞めるだろうな」と云いました。私が「うん」と云ってにやりとすると、「絞めるなら途中で手を離すなよ、後がとても苦しいから」と云うので、この人は私に殺されるのを望んでいるのかしらと思いましたが、すぐ冗談だと思い直しました。そのうち石田が寝た様子なので、右手を伸して枕元にあった私の腰紐を取り上げて頸の下に差し込み、二巻まいてから紐の両端を握りながら絞めると、石田がパっと目を開けて、「お加代」と云いながら少し体を上げて私に抱きつくようにしましたから、私は石田の胸に自分の顔を擦りつけて「勘弁して」と泣きながら紐の両端を力一杯引き締めました。石田は「ウーン」と一度唸り、両手をブルブル震わせましたが、やがてグッタリしてしまったので、紐を離しましたが、今度は私の震えが止まらず、卓子の上に残っていたお銚子をラッパ飲みし、石田が生き返らないようにもう一度絞ってから、余った紐を枕の下に隠しました。それから階下の様子を見に行くと、帳場は静まり返っていて、そこの柱時計は午前二時を少し過ぎたところでした。

ふと、凜子が大きく溜息をつく。定が愛する男を殺す、その迫真の場面をきくうちに、気持が高ぶったのか。久木は少し間をおいてから、再び調書を読みはじめる。

問　其後被告は石田の陰茎陰嚢を切り取り、左腕に自分の名を刻み込み、死体や敷布に血で字を書き残して「満佐喜」を逃げ出した様子を述べよ。

答　私は石田を殺してしまうとすっかり安心して、肩の荷が下りたような気がして気分が朗らかになりました。早速ビールを一本飲んでから石田の横に寝て、唇が乾いているようですから、舌を舐めて濡らしてやったり、顔を拭いたりしていましたが、死骸の側にいるような気はせず、石田が生きている時より可愛らしく、朝方迄一緒に寝て、石田のものを弄ったり、一寸自分の前に当ててみたりしておりました。そうしながらも、石田を殺した以上は、自分も死ななければならない、と考えたり、ともかく此処を出なければいけないと思いながら、石田のものに触れているうち、切って持っていこうと思いつきました。前に石田のものを切るといったときに見せた牛刀を、額の裏に隠してあったので、それを出して根元に当ててみましたが、直ぐは切れず、かなり時間がかかり、途中、牛刀が滑って腿の辺りにも創を付けました。そのあと睾丸を切りとろうとしましたが、こちらはさらに切りにくく、嚢が少し残ったように思います。切り取ったオチンチンや睾丸は塵紙の上に置きましたが、切口から沢山血が出るので、塵紙で押さえながら、血を左の人差し指につけて、自分の着ていた長襦袢の袖と襟に塗り付け、なお石田の左腿に「定吉二人キリ」と書き、敷布にも書きました。次に牛刀で「定」と云う自分の名を刻み込んでから、窓にあった金盥で手を洗い、枕元にあった雑誌の包み紙を剝ぎ、それに大切なものを包み、乱れ籠に脱いであった石田の六尺褌をお腹に巻きつけ、その中に大事な包みを差し込みました。それから石田のシャツを着てズボン下を穿き、その上に自分の着物を着て帯を締め、座敷を片付け、血のついた塵紙などは二階の便所に捨てました。支度を整えたあと、牛刀だけは新聞紙に包んで持ち、石田に別れのキッスをして、死骸に毛布をかけ、顔は手拭でおおいました。午前八時頃、下におりて女中さんに、「一寸、買物に出かけますから、昼頃迄起さないで下さい」といって、自分で呼んだタクシーに乗りました。

定が愛する男を絞殺したうえ、局所を切りとったことは、二人で雪の中禅寺湖に閉じこめられたとき、凜子に話したことがある。それとやや重なるが、久木は改めて調書のままを読んできかせる。

問　何故石田の陰茎や陰嚢を切取って持出したか。

答　それは一番可愛い大事なものだから、其儘にして置けば湯灌でもする時、お内儀さんが触るに違いないから、誰にも触らせたくないのと、どうせ石田の死骸を其処に置いて逃げなければなりませぬが、石田のオチンチンがあれば石田と一緒のような気がして淋しくないと思ったからです。何故石田の腿や敷布に「定吉二人」と書いたかと云いますと、石田を殺してしまうとこれで石田は完全に自分のものだと云う意味で、人に知らせたい様な気がして、私と石田の名前とを一字ずつ取って、定吉二人キリ、と書いたのです。

問　石田の左腕に何故定と刻み付けたか。

答　石田の身体に私を付けて行って貰いたかったために、自分の名前を彫りつけたのです。

問　何故石田の褌や下着を肌に着けたのか。

答　其褌や下着は男の臭いがして石田臭いから、石田の形見に自分の身体に着けたのです。

問　犯行後逃走した経路について述べよ。

答　五月十八日午前八時頃、待合「満佐喜」を出た時は五十円位持ってましたが、まず衣装を替えることにして、上野の古着屋でいままで着ていた着物を売り、かわりに単衣を買い、さらに風呂敷を買って紙包みのなかの牛刀を包み、下駄も新しい桐の下駄に替えました。そのあと「満佐喜」に電話をし、出てきた女中に、昼頃帰るから、それ迄起さずにおいて下さい、と云うと、「はい」と返事をしたので、まだ殺したことがわかっていないことを知って、安堵しました。また以前からお世話になっていた大宮先生（元中京商業高校校長）が神田の万代館にいたので、お電話をして日本橋でお会いすると、急に涙が出てきて泣いてしまい、「なにごとがあっても、先生には関係のないことです」といってお別れしました。それから上野で買った単衣が薄すぎたので、新宿で別のセルの単衣と名古屋帯を買って着替え、円タクで浜町の公園へ行き、そこでどうせ死ぬなら、一時いたことがある大阪へ行き、生駒山から谷底へ飛びこもうと考えました。

調書はいよいよ、定が逮捕される直前の状況に迫ってくる。

問　石田を殺害した夜は何処へ泊ったか。

答　大阪で死のうとは思ったのですが、すぐ死ぬ程の勇気はなく、暫く石田の事を考えて居たい様な気がしたので、夜十時頃浅草の上野屋という、以前泊ったことのある宿屋に行きました。そこで風呂に入りましたが、大事な紙包みは一緒に風呂場へ持って行き、そのあと二階の部屋で寝ましたが、布団の中で紙包みを広げ、石田のオチンチンと睾丸を眺めるうち、それにキッスしたり、自分の前に当ててみたり、色々考えるうちに泣けてきて、ろくろく寝れませんでした。次の朝早く、帳場の新聞を借りて見ると、私の若いときの写真とともにに、満佐喜のことが大きく出ていましたから、宿の者に知られては大変だと思い、慌てて勘定を払い、雨が降っていたので、下駄と洋傘を借りて宿を出ました。

問　十九日から逮捕されるまでの様子を述べよ。

答　大阪へ行くとしても、雨が降っているので夜行にしようと思い、浅草に行って「お夏清十郎」の活動を見てから品川駅へ行き、大阪行きの三等車の切符を買いました。でも発車まで二時間近くあったので、駅の売店で新聞を五通買いましたが、あとで読むつもりで荷物の中に入れ、駅前の喫茶店でお酒を飲んでいるうちに酔って眠くなり、五時過ぎに近くの品川館という宿に行き、按摩（あんま）をしてもらいました。その途中、石田の夢を見たので、なにか喋（しゃべ）らなかったかと気になりましたが、なにも言わなかったというので安心しました。按摩を帰してからご飯を食べ、夕刊を見ると、私のことを高橋お伝だとか、大変なことを書き立て、各駅に刑事が張り込んでいるというので、大阪へも行けそうもないから、ここで死のうと決心しました。でも欄干が低くて死ねそうもないので、捕まえられるのを覚悟で午前一時迄起きておりましたが、警察は来ませんでした。仕方なく翌朝、女中に頼んで離れの部屋に移してもらい、そこなら頸を吊っても庭まで足を伸ばせば死ねると思い、万年筆とペーパーを借りて、大宮先生と黒川さんと、死んだ石田宛てに遺書を三通書き、夜中に死ぬつもりでビールを二本飲んで寝ていると、午後四時ごろ警察の人が来たので、「阿部定は私です」と云って、捕った次第です。

久木は横になったまま読むことに、いささか疲れてきたが、調書は定が逮捕されたあとの心境を語った、最後のクライマックスに入る。

問　被告は今度の事件に付いてどう考えているか。

答　警視庁に居る頃は未だ石田の事を喋るのが嬉しかったし、夜になると石田の夢を見たいと思い、夢を見ると可愛い様な嬉しい様な気持ちでおりました。しかし日とともに少しずつ気持ちも変ってきて、此頃はあんな事をしなければよかったと後悔しております。只今では成可く石田の事を忘れようと骨折っております。従って今後、此の事件の事は口にしたり考えたくないので、できれば裁判とか大勢の前で色々の事を訊かれるより、お上で、然る可く相談して刑を決めて下さい。不服等云わず、心良く其刑を受ける心算ですから、弁護士もいらない様に思います。

問　他に申し述べておきたい事はないか。

答　今回のことで一番残念なことは、世間から私を色気違いの様に誤解されることで、此の点について申述べさせて頂きたいのですが、私が変態性欲者であるかどうかは、私の今迄の事を調べて貰えれば良く判ると思います。今迄他の男にも石田と同じ様なことをした訳ではありません。たとえ好きな男だと思い、金を貰わないで遊んだこともありますが、関係中も自分を忘れた事はなく、時と場合とを考えて簡単に別れておりました。それくらい理性が勝って、男に呆きれられた事もありましたが、石田だけは非の打ち所がなく、強いて言えば少し品がありませんが、却ってその粋な所を私が好いて、全く身も心も惚れ込んでしまったのです。私の事は世間にあからさまになったため、面白半分に騒がれるようですが、女が好きな男のものを好くのは当り前のことだと思います。早い話がお刺身を嫌いでも、亭主が好けば自ずと好く様になり、亭主の丹前の臭いをかげば嬉しく、自分の好きな男が飲み残した湯呑の湯を呑んでも美味しいし、男が嚙んだものなら口移しに食べても幸せに思います。男が芸者を落籍するのも自分の独占にしたいからで、男に惚れた余り、今度の私がやった様な事をしようと思う女は、世間にいるに違いないのですが、只しないだけの事だと思います。もちろん女も色々いて、恋愛より物質本位の人もおりますが、好きなあまり止むに止まれず、私が引き起した様な事件を起したとしても、色気違いばかりではありません。

　久木が調書を読み終えて振り返ると、凜子の顔がやや紅潮している。阿部定の迫真の供述に、いささか興奮したのかもしれない。

　久木も喉の渇きを覚えたので起き上り、冷蔵庫からビールを取り出すと、凜子も起きてきてテーブルに向かい合って坐る。

「どうだった？」

　久木がグラスにビールを注ぎながらきくと、凜子は「凄いわ」とつぶやいてから、

「わたし、阿部定という人をまったく誤解していました。いままで、男性のあんなところを切ったことだけきいて、なにか余程いやらしい、変った人だと思っていたけど、そんなことぜんぜんない。とても正直で、愛らしくて、素敵な人だわ」

凜子がそういってくれると、読んできかせた甲斐があったというものである。

「でも、よくこんな資料がありましたね」

「初め、どうしても読みたくて法務省まで頼みに行ったけど断られた。理由はプライベートな事件なので、学術的なもの以外には、見せられないという」

「あなたがやろうとしているのは、学術的なことではないんですか」

「人物の面から昭和史をたどる企画だから、問題はないと思ったんだけど、いくら頼んでも見せてくれない」

「こういうことは、きちんと公開されたほうが、定さんの名誉にもなるでしょう」

「そうなんだが、このあたりがお役所独特の秘密主義でね。でも、いろいろ探したら、こんな訊問調書がすでに出されていた」

「それは、どこにあったんですか」

「こうした表沙汰にしづらい、闇にかくれたものばかり集めた、いわゆる秘本というのがある。それにきちんとのっていた」

「じゃあ、誰かが見たのですね」

「多分、取調べの刑事か筆記した書記などが、写しを持っていて、あとで密(ひそ)かに流したのかもしれない」

「それなら、隠しても意味がないじゃありませんか」

「それでも隠すところが、いかにもお役所らしい」

久木の話はつい、取材のときの不満になってしまう。

凜子も少し喉が渇いたようである。注がれたビールを一口飲んでから、阿部定の供述書が記されている本を手にする。

初めの頁を開くと、事件直後、新聞に載った定と吉蔵と、二人の顔写真があり、次いで、定が捕まったときの写真が載っている。不思議なことに、そこでは逮捕された定も、逮捕した警官や所轄(しょかつ)の署員達もみな笑顔で、なにかのお祝いの記念のようにさえ見える。

「捕らえられて、定さんはむしろほっとしたのでしょうね」

「あんまりあっさり捕まって、しかも美人だったので、警官も嬉しくなったのかもしれない」

「でも、この頃は警察や軍人さんが威張っていた、怖い時代だったのでしょう」

「昭和十一年だから、この少し前に二・二六事件があり、日本が次第に軍国主義に入っていく、暗い不安な時代だった。そんなときに自分だけの愛を貫いた定の行為に、みな共感を抱いて、一瞬、救われたような気持になったのかもしれない」

凜子はうなずくと、さらに頁をめくりながら、

「すごい猟奇事件のように思われているけど、この人のやったことは変態なんかじゃないわ。〝私がやった程度の事を思う女は世間にあるに違いないのですが、ただしないだけのものだと思います〟といっているとおりだわ」

「その気持、わかる？」

久木が冗談半分にきき返すと、凜子はあっさりとうなずいて、

「もちろん、わかるわ。凄く好きになったら、そういう気持になるのは、むしろ自然でしょう」

「しかし、殺すまでもないような気がするけど」

「そのあたりは、どれくらい愛しているかの問題で、その人が好きで好きで、完全に独占したくなったら、そうするよりないでしょう」

凜子に同意を求められて、久木は一瞬うろたえて、

「でも、実行するかどうかは別だろう」

「たしかに別だけど、本当に好きになったらわからない。女のなかには、いつもそういう気持はあると思うわ」

真っ直ぐ凜子に見詰められて、久木は思わず目をそらす。

久木はふと、暑苦しさを覚えて立上る。

定の供述書を読むうちに興奮したのか、それとも部屋の温度が少し高いのか、冷やすために軽く窓を開ける。

途端に春の夜の冷気が頰をかすめて心地いい。

「きてごらん」

久木は凜子を呼んで、窓ぎわに並んで立つ。

二人のすぐ左手には満開の桜の木があり、その下に明りに照らし出された池が見える。その池は野天風呂の先をめぐって、幽玄な能楽堂を映している夜の池面ともつながっている。

「静かだ……」

久木はいま少し前に読んだ、定の生ま生ましい供述書から逃れるように、ひとつ大きく息を吸う。

この山深い静まり返った宿にいると、定の事件は遠いはるかな、別の世界のことのように思われる。そのまま、正面に立ちはだかる黒々とした山の稜線の彼方に広がる夜空を見上げていると、凜子がつぶやく。

「桜が……」

声に誘われて振り返ると、満開の桜の枝から、思い出したように花片（はなびら）が散ってくる。その一片は眼下の池の面（おもて）に落ち、他の一片はかすかな夜風にのって、窓ぎわに寄ってくる。

「夜も、桜が散るのですね」

凜子の一言に、久木は思いがけない発見をしたような気がしてくる。

たしかに二人で野天風呂に入ったときも、そのあと、ともに情事に耽っていたときも、さらに定の調書を読んでいたときも、桜は散り続けていたに違いない。

「このままわれわれが休んでも、桜は散り続けるのかもしれない」

「じゃあ、見ていてあげましょうか」

凜子の気持はわかるが、久木は軽い疲れを覚えていた。

それは激しすぎた情事のせいか、それとも定の供述書を読んだ高ぶりのせいか、あるいは、その両者が入り混じった気怠さのせいか。ともかく夜更けの闇のなかで、桜の花だけが音もなく散っていく。

久木は軽く、凜子の肩口に手を添えて囁く。

「休もうか……」

つい少し前、二人で乱れた布団へ再び戻るのは、いささか気恥ずかしいが、今度はひたすら静かに眠るだけである。

久木が先に床に入ると、凜子はなお窓ぎわに立ったままつぶやく。

「少し、窓を開けておきます」

たしかにそのほうが、夜の冷気が入って心地よさそうである。

久木が目を閉じたままうなずくと、凜子が部屋の明りを消して床に入ってくる。

その柔らかな肌が恋しくて手を伸ばすと、凜子が遮るように軽く手を抑えたままつぶやく。

「でも、あれでは女の人が可哀相だわ」

久木は一瞬、意味がわからなかったが、すぐ定のことをいっているのだと気がつく。

「わたしなら、あんなことはしない。いくら好きでも、その人を殺してしまっては、意味がないでしょう」

その意見には、久木も同感である。

「彼を殺して独占したといっても、その後の彼女の一生が、幸せであったかどうかはわからない」

刑を終えて出所後、定は再び浅草あたりの料理屋に勤めたようだが、「阿部定がいる店です」という広告を見た人もいるから、好むと好まざるとにかかわらず、そうした人々の好奇の目にさらされたことは、たしかなようである。

「罪を償っても、殺人者であることに、変りはないから」

「やっぱり、生き残ったほうが辛いわ」

凜子のいうとおりだが、といって、局所を切り取られて殺された男も、哀れといえば哀れである。

「どちらにしても、いいことはない」

「そうかしら」

凛子はそこで、少し間をおいて、

「二人だけ残るから、いけないのよ」

「二人だけ……」

「そう、二人、一緒に死ねばよかったのよ。それならいつまでも一緒にいられるし、淋しくもないでしょう」

久木は少し息苦しさを覚えて、軽く背を向ける。

いま凛子に、ともに死ねばいいのだといわれて戸惑った。息苦しさはそのせいかとも思ったが、しかし凛子ははっきり、死のうといったわけではない。定のような事件を起すくらいなら、一緒に死んだほうがいい、とつぶやいただけである。

久木は思い直したように振り返り、仰向けのままの凛子の胸元に、頬を寄せる。

定に絞め殺されたとき、男はこれと同じ形で、女の胸に頬を当てていた。それと同じ姿で柔らかい肌に触れているうちに、久木の心は次第に和み、やがて思い出したように、凛子の乳首をまさぐる。

ゆるやかな丘をこえて唇が乳首をとらえると、それをまるごと口のなかに含み、ゆっくりと舌を動かす。左右に、そしてときに円く舌を絡ませながら、久木はいまなにも考えていない。母と子が、生まれたときから乳房と唇で結ばれていたように、女と男も乳首と舌で未来永劫に結ばれている。

夜の静寂のなかで半ば夢見ながら、乳首に舌を絡めているうちに、久木はふと唇の端に軽く触れるものを感じる。なにか薄い被膜のようで、不思議に思いながら、なお戯れていると、さらにひとつ触れてくる。

なになのか、久木がゆっくりと顔を離して行灯をつけると、淡いピンクの花片がふたつ、乳首のまわりに寄り添っている。

「桜の花が……」

久木がつぶやくと、凛子も不思議そうに、こちらを見ている。

「あなたの唇にも……」

いわれて、久木は自分の唇にも花片がついていることに気がつき、それをとって、いまひとつ、凛子の胸元にのせてやる。

「あそこから、散ってきた」

久木は、少し開いたままの夜の窓を見る。

「一晩中、散り続けるのでしょう」

このままでは、桜もあと一日か二日で、終るのかもしれない。

「そのまま、じっとして……」

久木が赤い襦袢から洩れた肩口を抑えると、またひとひら、そしてひとひら、風に追われた花片が舞いこみ、凜子の白く柔らかな肌が徐々に桜の花片で染まっていく。

# 小満（しょうまん）

いつの年も、桜の花は生き急ぐ人のように儚く哀惜をそそるが、花が終ったあとは、散る花を見ていたときほどの淋しさはない。それは桜と入れ替るように季節が初夏に向かい、日の永さとともに、無数の花々をたずさえてくるからである。

たとえば、藤、躑躅、チューリップ、雛罌粟、牡丹、石楠花と、咲き誇る花を数えあげればきりがなく、樹々が瑞々しい新緑に彩られる。この大地のすべてが光り輝き、躍動する姿を見たら、華やかだがひ弱で、もの思わせぶりな桜のことなど、遠い昔のことのように忘れ去るのも無理はない。

もはやこれから先は、花の少ない四月初めのときのように、桜だけに一喜一憂することもなく、あふれるほどの花々を好みのままに見て、堪能することができる。

まさしく、桜のあとに続く五月は、野も山も無数の花と光にあふれている。

いま久木も、華々しい初夏の季節の到来を全身で感じながら、心の中は風に揺れる雛罌粟のように、微妙に揺れている。

まずそのひとつは、今年の初めから借りている渋谷の部屋のことである。

修善寺で、ともにもう家には戻らぬと決めてから、二人はそこを自分達の棲家（すみか）のように居ついている。いまとなってはそこだけが安住の場所でもあるが、一LDKの部屋ではいささか手狭である。くわえて家具や調度も一時的な逢瀬につかうために慌てて揃えたため、小さくて安手のものが多く、なにかと不便である。

できることなら、もう少し広いところに移りたいが、それにはかなり費用がかかるし、完全に一緒に住むのなら、戸籍の面でも、はっきりさせておく必要がある。

このところ、ともにいることが多いせいか、管理人やまわりの人も、二人を夫婦と思っているようだが、なかにはいわくあり気なペアだと、思っている人もあるようである。

当然のことながら、久木は部屋のことを凜子にも話している。

久木と違って、凜子は一日中、ほとんど部屋にいるのだから、狭すぎる不便さは痛感しているはずで、家事をするのも窮屈そうだし、衣裳も小さな箪笥（たんす）におさめきれなくて、一部はプラスチックの箱におしこんでいる。大好きな書道も毎日欠かさずやっているようだが、食事をする卓袱台（ちゃぶだい）の上に紙を広げているのを見ると、なにやら落ちぶれた感じで可哀想になってくる。

それもこれも、すべて家を出て自分と一緒にいるからだと思うと憐れになって、多少お金はかかっても、もう少し広い部屋を借りてやりたいと思うが、凜子は「無理をしないで、この部屋にいましょう」と、反対する。

もともと一介のサラリーマンである久木に、あまり無理をさせたくない、という気持からかと思うが、何度いっても、のり気にならないところを見ると、いまの部屋が結構気に入っているのかもしれない。

「そんなことより、あなたが毎日、ここへ帰ってきてくれさえすればいいのよ」

そんな健気なことをいわれると、さらに愛しさが増し、思わず抱き締める。

部屋のことを話していても、行きつくところは二人だけの世界で、気がつくとまた互いに肌と肌を触れ合っている。

定の供述書に、二人で待合にい続けたあいだ、暇さえあれば互いに触れ合い、貪り合っていました、とあったが、まさしくそれに近い。

もっとも、だからといって常にセックスしているわけでもない。ただいつも互いの手か足が触れ合い、久木が凜子の胸元に触れ、凜子も久木のものに触れたとしても、眺めたり、優しく撫ぜて、戯れ合っているだけである。ときにそのまま結ばれることもあるが、気がつくとともに仮寝していることもある。

休日の午後なぞ、昼間からそんなことをしていると、ふと、二人はこの狭い穴倉に閉じこめられた、性の囚われ人、のような気がしてくる。

もしかすると、凜子がここから動こうとしないのは、この部屋に潜む、そんな淫蕩な雰囲気に身も心も染ったせいかもしれない。

ともかくこのところ、凜子がさらに一段と性に対する好奇心を増したことはたしかである。

たとえば五月の初めの日曜日の夕方、二人で買物に出かけた帰りがけに、小さな家具屋に立ち寄った。久木は凜子の書道のために、少し大きめのテーブルを買ってやろうと思って入ったのだが、店内を見ているうちに鏡があるのに気がついた。がっしりと足台のついた姿見もあったが、まわりに簡単なフレームがついただけの鏡もあり、それを見ているうちに、久木はふと妖しい気持にとらわれて、いってみた。

「あれを、ベッドのわきに置いてみようか」

今年の初め横浜のホテルで逢ったとき、鏡の前で凜子を脱がせたときのことを思い出して、冗談まじりにいってみたのだが、凜子はたちまち興味を示して「横に置けるのですか」ときいてくる。

ベッドの一方は壁だから、それに凭せれば置けないわけではないし、場合によっては壁に張り付けてもいい。

「あんな大きいのを置いたら、二人の姿が全部、見えてしまう」

久木は脅かすつもりでいったのだが、凜子は即座に、「買いましょう」と小声で賛成する。

結局、その日のうちに配達してもらうことにして夜に届くと、直ちにベッドのわきに置き、二人はともども待ちきれぬように横たわってみる。さらに鏡にライトが当たるようにスタンドを持ち出し、鏡の位置を傾けると、互いの下半身が浮きあがる。

とくに鏡の前の凜子は、その白い肌から股間の繁みまで映し出されて、それを見ているだけで久木は興奮する。

刺激を受けたのは凜子も同じらしく、久木のものを受け入れてからは、悦びを訴えながら、何度も上体を起こして鏡を覗きこみ、「凄いわ、凄いわ」と、囈言のように叫び続ける。

そんな凜子を、久木は愛しいと思いながら、一方で少し怖くもなる。

毎日、こんなことを続けていて、凜子はどこまで溺れていくのか。その責任は自分にもあると思いながら、走り出して歯止めの効かなくなっていく凜子という女が、いままでとは別の生きもののように思えてくる。そしてさらに、ベッドのわきに鏡までおいた二人の部屋が、いっそう淫蕩で妖しい密室に思えてくる。

買物では、いまひとつ、凜子と二人で初めて行ったところがある。

渋谷の繁華街から少し入った小路の奥にある、いわゆるポルノ・ショップである。

そのときも、初めからそこに行くつもりで行ったわけでなく、小路をなに気なく歩いているうちに偶然ぶつかったのである。

むろん誘ったのは、久木のほうで、「入ってみる?」ときいたとき、凜子はそれがどういう店か、よくわかっていなかったようである。

黙って従いてきたが、店内に飾られているけばけばしい下着や皮の拘束具、鞭などを見るうちに、これは尋常な店ではないと気がついたらしい。さらにさまざまな形をしたバイブやリングなどを見るうちに、女性のくるところではないと知ったようである。

久木の袖をつかみ、「いやだわ」と目を伏せたが、しかし帰る気はなさそうである。それどころか、久木のうしろにかくれるようにして見ているうちに、興味をそそられたのか、バイブを指さして「それ、どうするのですか」ときいてくる。

久木が手にとって、「これはあそこで、こちらは前に当る」と説明すると、「えっ」とつぶやき、やがて黒々とした隆起したものに、怖そうにそっと指を触れる。

悪戯半分に、久木がそれを手にして、凜子の股間にむけると、凜子は慌てて両手で遮って、「そんな……」と首を横に振る。

「でも結構、気に入るかもしれない」

「知らないわ」

顔をそむけた凜子をさらに困らせたくて、久木は大枚を投じて買ったが、部屋に戻ると、早速、一人で眺めて苦笑する。

「男の人って、こんなものを買って楽しんでるんですか」

「しかし、あの店にあるほとんどは、女性を喜ばすためのものだ」

「こんなものより、絶対、あなたのもののほうがいいわ」

そういわれるとほっとするが、それにしても、淫らな玩具まで揃って、小さな部屋はますます二人の秘密の館となっていく。

はっきりいって、久木はいま、凜子に引きずられている、といったほうが当っている。鏡といい、大人の玩具といい、久木が冗談半分に見せて求めることになったのだが、気がつくと、そうした淫らさのなかに浸り、それを堪能しているのは、むしろ凜子のほうである。

二人で戯れ合い、結ばれたとしても、凜子のほうからあきらめることはなく、久木が消耗し、疲れ果て、もはやこれ以上は無理となったところで、延々と続いた痴戯はようやく終りをつげる。

もともと性においては、女性のほうが圧倒的に強くて逞しい。というより、女性は一旦、快楽を知りはじめたら、底無し沼のように奥行きが深く、果てしない。それにくらべたら、男の猛々しさなど、沼の表面ではね返る魚のように、表層的で瞬発的である。

まさしく、有限と無限が争っているようなもので、快楽の深さも、それを求める執着力でも、男は到底女におよばない。

このところ、久木はそれを改めて実感し、納得し、感服するだけの日々である。

もはやここまできたら、初めに女をリードし、教えた、などということはほとんど意味がない。たしかに久木が丁寧に、かつ懸命に凛子を導きはしたが、気がつくと、教え子のほうがはるかに成長し、いまや調教した者さえ、手に負えないほどの巨象に成りあがっている。

夫が妻に、深い快楽を教えることをためらうのは、この巨象の出現に怯（おび）えるからである。

ひとたび、妻をそこまで導いたら、もはや夫は半永久的に妻を納得させ、満足させるまで、励み、努めなければならなくなる。

愛する女性を淫らに変貌させたいと思いながら、容易にそこまで踏みこめないのは、それが日々の負担となって、男の上に重くのしかかってくるからである。

だが、外で愛する女性になら、それを敢えて踏みきることができる。ともに果てしない快楽を知ったとしても、外にいるかぎり、毎日の日課となって、のしかかってくることはないし、場合によっては逃げだすこともできる。

しかしいまの久木は、外で知った、逃げられるはずの女性にしっかりと捕えられ、貪られて、蜘蛛の巣にかかった小虫のように、どう藻掻（もが）いても、もはや逃れるすべはない。

それにしても、凛子と親しくなってすでに一年余の期間が経っているのに、なぜこれほど深く惹かれるのか。

恋人同士によっては、一年も経つと飽きて別れる例もあるというのに、二人は別れるどころか、ますます馴染み、深まっていく。というより、いまや出口も見えぬ恋の地獄に堕ちこんでいる。

その最大の理由は、やはり二人がともに、セックスの底に潜む、深く果てしない世界に行き当たったからである。

いうまでもなく、それは凜子という女性を知って、初めて到達しえた世界である。それ以外の、妻とでも、他の女性とでもたどり着けなかった深淵に、凜子というパートナーを得て、ようやくたどり着くことができた。

同様のことは、凜子にもいえることで、久木という男性を知って、初めて、めくるめく性の世界に目覚めたようである。

しかし凜子の魅力のひとつは、そういう気配を、外見からは一切見せないところである。これまで凜子に会ったことのある、ほとんどの男性は、凜子を上品で控えめで、性のことなぞあまり関心がない、堅い女性のように思っているようだが、実際はそれとはまったく違う。表面は折り目正しく、凜としているが、一旦、情事の世界に入ると、信じられないほど淫蕩になる。その裏切りの深さと背徳の気配が、男の好き心をかきたてる。

もっとも、最近は躯に秘めた淫らさが表に現われてきたらしく、二人で歩いていると、男達がときどき凜子に流し目を向ける。さらに凜子の話では、一人で公園通りなどを歩いているとよく声をかけられるらしく、つい先日も、たて続けに若い男性二人から、「つきあってくれませんか」と、誘われたらしい。

「わたしって、魅力があるのかなあ」

そんな、とぼけたいいかたが憎らしくて、「男は勘で、淫らな女をかぎつける」というと、

「でも、あなたがこういう女にしたのよ」と、責任をおしつけてくる。

「今度から、出かけるときは鎖でつないでおかなければならない」

そんな冗談をいいながら、現実に鎖につながれているのは、むしろ男の久木のほうである。


たしかに久木はいま、凜子の張り巡らした蜘蛛の糸に完全に取り巻かれたようである。当初は、久木が張ったはずの蜘蛛の巣が、いまは逆に久木自身を縛る網となって、がんじがらめに絡みついている。

ときに久木は、そんな状態にある自分を、哀れで情けないと思う。せっかく愛しい女性を口説いたのなら、もう少し自分のペースでリードすることはできなかったのか。これでは相手のペースに巻き込まれ、なすがままに翻弄されているようなものである。

だが不思議なことに、そこまで堕ちてみると、そこにはそれなりの居心地のよさもある。ここまできた以上、もはやくよくよ考えたところで仕方がない。あとはなるようになるだけだと割り切って、堕ちていくだけである。それは一種の開き直りであるとともに、あきらめでもあり、同時に、自らの淫蕩と堕落の本能に身をまかすことでもある。

久木の思いは、凜子にも微妙に伝わるらしく、ときに溜息などつくと、「ねえ、もう余計なことを考えるのは、やめましょう」と、さらに二人だけの秘密の世界へ誘いこもうとする。

たしかに、これからの二人のことや生き方などを真剣に考えたら、いつまでもいまの怠惰な生活に溺れているわけにはいかない。どこかでけじめをつけて、互いの家のことも、すっきりさせるべきである。

だが、いまの久木は、そうした現実の鬱陶しさに立ち向かう気はほとんどない。

本来なら、妻と離婚することや、それに関わるさまざまな問題を、早急に解決すべきだが、いまとなっては、それも億劫である。妻がいま一度、別れて欲しいといってきたら、別れるつもりだが、いってこなければこのままでもいい。

それは凜子も同じらしく、夫とは絶縁状態のまま、自分から積極的に離婚交渉をすすめている気配はない。

はっきりいって、二人はいま二人だけの世界にひたすら浸り、溺れこむことしか考えていない。それが逃げであり、無責任であることは百も承知だが、といっていまさら、二人が正気に戻り、家に帰ったところでどうなるわけでもない。

たとえていえば、二人はいま無明長夜の闇の中にまぎれこんだのかもしれない。その闇はいつ果てるとも知れない、淫蕩という名の奈落でもある。

それははたから見ると、まさしく呆れた、頽廃的な行為だが、当の本人達はさほど不良とは思っていない。たとえ闇とはいえ、欲情のおもむくままに漂い、ときにめくるめく快感に酔いしれているのだから、それだけ見たら、むしろ至福の花園に遊んでいるといえなくもない。

もはや二人が求めているのは、肉体の限界に挑戦しながらの、悦楽の極みである。

だが、ほとんど部屋から出ない凜子はともかく、毎日、会社へ行く久木には、当然のことながら、現実と夢うつつの生活とのあいだに破綻が生じてくる。

日中、会社に出て同僚と顔を合わせ、机に向かって仕事をするのは現実だが、二人だけの部屋での乱れた生活は、夢うつつの幻に近い。

このまったく違うふたつの世界を行き来して、融和させるのは不可能に近い。

実際、渋谷での爛れた生活の気配は会社にいてもおのずと現れるらしく、秘書の女性は、「このごろ、少しおつかれのようですね」と探りをいれてくる。さらに仮寝などしていると「あまりご無理をなさらないほうがいいですよ」と、冷やかしてくる。

さすがに同僚の男性はそこまではいわないが、やはり気怠げで、荒んだ感じがわかるのか、親しい村松などは「身体のほうは大丈夫ですか」と、心配そうにきいてくる。

久木はその都度、曖昧に答えていたが、五月の半ばに、ついに外泊を続けていることがわかってしまった。

そのきっかけは、村松が久木に急ぐ用事があり、家に電話をしたときの妻の返事である。

「あの人は、もうずいぶん長いあいだ、こちらにおりませんので、なにもわかりません」

と、冷たくつっぱねたのだから隠しようはない。

「ちょっと喧嘩をしただけで、たいしたことじゃないんだ」

なんとか、その場だけはとりつくろったが、久木が外に女性がいて、そこに入りびたりであることは、もはや公然の秘密となったようである。

サラリーマンは、仕事をすることによって会社から給料を貰っている。そのことからいえば、多少、私生活が乱れたところで、仕事さえきちんとしていれば、問題はないはずである。

だが実際は、プライベートな面でトラブルがあると、会社の立場にも微妙に影響してくることは避けがたい。たとえば、妻ともう一人の女性との三角関係で、際き合っている相手の女性が会社にのりこんでくるとか、夫人が上司に苦衷を訴える、などということになると、やはりかなりのマイナスにはなる。銀行などに比べると、出版社は男女のことにやや寛容とはいえ、その種のトラブルを嫌う傾向はたしかにある。

むろん久木の場合は閑職で、あまり重要な仕事をしているわけでもないし、くわえてトラブルが表面化したわけでもない。たまたま妻の電話への応対から、他の女性と一緒にいるらしいということが、仲間に知れただけである。

だがその数日後、たまたま部屋で二人だけになったとき、室長格の鈴木が、なに気なく話しかけてきた。

「いろいろと、大変なようだね」

咄嗟に、凜子とのことだと気がついたが、久木としては答えようがない。

「ええ、まあ……」と曖昧に答えると、「しかし、お盛んで羨ましいね」と皮肉っぽくいう。

鈴木の話はそれだけで、それ以上とくに注意をされたわけでもない。ただ、自分も噂をきいて知っていることを、伝えたかっただけのようだが、これで調査室の全員に知れわたったことは間違いないようである。

いまさら、みなに知られたからといって慌てることはない。家を出たことは、いずれ知れることなのだから、このあたりでわかったほうが、むしろすっきりする。久木はそう自分にいいきかすが、会社で、みなにどのように思われているかは、やはり、気になることではある。

ともかく、左遷にくわえて家庭不和が明るみにでて、これでラインに戻る可能性が完全に消えたことは、たしかなようである。

会社で憂鬱なことがあると、つい、家に引き籠りがちになる。といっても久木の場合、会社でなにか、不都合があったというわけではない。ただ家を出て、他の女性と一緒に暮していることがみなに知られただけだが、調査室の仲間がひそひそ話していると、自分のことをいっているのかと不安になり、他の社員に会っても、自分のことを噂しているような気がしてくる。

いわゆる疑心暗鬼になって、自らの立場を狭めているのだが、その不安をまぎらわし、癒やしてくれるのは、やはり凜子しかいない。

ともかく、渋谷の狭い部屋へ戻り、凜子と二人だけになれば、もはやそこから先は世間の常識も倫理も通用しない、二人だけの世界に浸ることができる。そして部屋にいるかぎりは、誰に批判されることも、うしろ指をさされることもなく、ひたすら自分の思いのまま、怠けようと愛欲に狂おうと、叱ったり咎める人もいない。それどころか、側には常に寄り添い、受け入れてくれる女性がいるのだから、部屋に籠りがちになるのは自然の成り行きともいえる。

もっとも、久木はその二人だけの部屋で、外での疲れを癒やし、心を休めながら、ときにふと、予想もつかぬ不安に見舞われることもある。

このまま凜子と二人だけの生活に浸り、溺れきっているうちに、会社の仲間や世間からもはずれて、気がつくと自分達二人だけ、とり残されてしまうのではないか。たとえ許されぬ生活をしているからといって、内に籠っているうちにますます世間との距離が広まり、そこへ戻ることも難しくなるかもしれない。

久木がその不安をとくに感じたのは、久し振りに衣川に会ったときだった。

例によって、彼から電話があって、馴染みの銀座の小料理屋で会ったのだが、直接顔を合わせるのは、去年の秋、凜子の書道のパーティーで会って以来だから、ほぼ半年ぶりということになる。

ずいぶん長い御無沙汰だが、その間、久木はひたすら凜子を追い求めていた。その照れくささもあって、久木のほうから連絡を断っていたのだが、衣川もそのあたりのことを察して、近付くのを避けていたようである。

久しぶりに会った衣川は、以前より肥って、恰幅もよくなったようである。話すことも威勢がよく、いきなり、「どうしている？」と、後輩にでもきくような口ぶりである。

「別に、相変らずだよ」

久木が曖昧に答えると、衣川はビールを一気に飲み干して、

「彼女とは、ますますいいんだろう」

その探る眼差しがいやで、久木が顔をそむけると、衣川はかまわず、

「とにかく、あんないい女は滅多にいないから、逃がさないように頑張れよ」

言葉は励ましているが、揶揄と皮肉がこめられていることは明らかである。

「しかし、彼女が家を出て、お前と一緒になるほど、勇気があるとは思わなかった」

「それ、誰からきいたんだ」

「そりゃ、わかる。俺の情報網も馬鹿にならないだろう」

衣川は自慢気にいうが、カルチャーセンターに来ている凜子と親しい書道の先生からでも、きいたのかもしれない。

「彼女、相変らず、書くほうはやっているのだろう」

「ときどきだけど……」

「あれほどの人がもったいない、この春にも出さなかったろう」

たしかに春季の展覧会には、凜子は、とても書に熱中できる状態ではないといって、出品をあきらめていた。

「前には、家を出て独立したいようなことをいっていたが……」

久木は曖昧にうなずきながら、以前、凜子がセンターの講師を専属にやりたいと、衣川に頼みに行ったことを思い出した。

「でも、お前と一緒にいるのなら、もう働くこともないだろう」

久木はそれをききながら、もはや衣川に、凜子の仕事を斡旋(あっせん)する気がないのを知る。

「しかし、あんな才能のある人を、あのまま埋もらせるのはもったいない」

衣川はそこで、大袈裟に溜息をついて、

「もし、そんなことになったら、お前の責任だぞ」

衣川と会って、まだ三十分も経っていないのに、久木はある息苦しさというか、居心地の悪さを覚えていた。

去年会ったころには、そんな感じはなかったのに、この違和感はなになのか。

やはりこの半年間、ひたすら凜子との愛に溺れきっていた自分と、健全な常識人として生きてきた衣川との、感覚の違いなのか。

久木がそんなことを考えているともしらず、衣川は軽く上体をのりだして、

「ところで、会社のほうはどうなんだ」

「まあ、なんとか」

ここでも曖昧な返事をすると、衣川は少しうんざりした表情で、

「お前のいいかたは、いつもはっきりしない」

久木はそれをきいて、去年の暮、衣川から、彼が前にいた新聞社の出版局のほうに行く気はないかと、誘われたことを思い出した。そのときも決心がつきかねて曖昧に答えたが、その後、衣川のほうからも問い合わせてはこなかった。

「お前はやっぱり、いまのところが一番合っているかもしれない」

どうやら衣川は遠廻しに、かつての誘いの話を、なかったことにしたいようである。

むろん久木も、いまさら動く気もないので黙っていると、衣川は話題を変えて、

「どうだ、またセンターで少し講義でもしてみるか」

「いや、もういい」

いまさら多少の謝礼をもらうために、カルチャーセンターに行ったところで仕方がない。

「しかし俺のところも、そんな馬鹿にしたものでもないぞ。このところ、新しい講座を増やしたせいか、受講者が増えてきて、都内でもかなり成績がいいんだ」

「それは、よかった……」

「おかげで、つい少し前に社長賞をもらってねえ。七月の初めから、都内のセンターを総括する本部長になるかもしれない」

どうやら衣川は、それをいいたくて、今日、久木に会いにきたのかもしれない。

「おめでとう」

久木は衣川にビールを注ぎながら、先程からの違和感は、上昇しようとしている者と下降していく者との、生き方の違いかもしれないと、自分なりに納得する。

衣川と会って、久木はいささか気が滅入ってしまった。といっても、衣川がセンターを総括する本部長に栄転する、ときいたからではない。たとえ彼が偉くなったところで、別の会社の人間だから、久木に直接関係はない。

それより、衣川は衣川なりに懸命に仕事をしているのに、自分はろくな仕事もせず、凛子との愛に耽溺している。そんな身勝手な、少し大袈裟にいうと、世間さまに顔向けできないことをしている自分に呆きれて、忸怩たる思いにとらわれたからである。

いったい、こんなことをしていていいのか。

それは、渋谷の部屋に二人で住むようになってから、絶えず思い続けてきたことだが、衣川と会って、いっそうその思いを深くしたことはたしかである。

だがその半月後、六月の梅雨入りを待ちかねたように、さらに気の滅入る報せが入ってきた。

以前から、療養中だった水口が、梅雨入りが宣言された二日後、都内の病院で亡くなった。

水口は年齢こそ一歳上だが、同期入社のせいもあって親しく、昇格も同じようなペースですすんできた。もっとも、久木が出版部長を最後に調査室に移ってからは、二人のあいだは開き、水口は取締役にまですすんだが、去年の末、突然、子会社へ出向を命じられた。

その直後、子会社の社長に昇格したが、腕を揮う間もなく肺癌で倒れ、三月には手術を受け、久木も見舞いにいったが、家族の話では、すでに手遅れということであった。

そのまま気になりながら、見舞いに行くべきかどうか迷っているうちに、病状はさらに悪化していたようである。

「当社取締役、マロン社社長、水口吾郎氏は今朝五時二十分、逝去されました」という社内報のあとに、「享年五十四歳」と記されているのを見て、久木は三ヵ月前、見舞いに行ったときの、水口の言葉を思い出す。

「どうせ、人間はみな老いぼれて死ぬのだから、やれるときに、やりたいことをやっておかねばいかん」

死ぬ前までも、水口はそんなことを考えていたのだろうか。

水口の通夜は、亡くなった翌日の午後六時から、調布の自宅に近いお寺でおこなわれた。葬儀の準備は社の若い者がやることになっていたので、久木が定刻より少し前に行くと、すでに多数の弔問客が集まっていて、間もなく読経がはじまる。

祭壇の中央で花に囲まれた水口の顔は、二、三年前にでも撮ったのか、軽く笑っているが、目が輝いていて、元気であったころの覇気を感じさせる。

子会社に出たとはいえ、現役の社長であっただけに、祭壇の左右から式場の両端は、各出版社の社長はじめ、編集、営業、取引先などから贈られた花でうずまっている。

久木はそれらを見ながら、なぜともなく、「夭折」という言葉を思い出した。

五十四歳で亡くなった者に、夭折というのは不自然かもしれないが、同年代の者の心情としては、やはり早すぎる。

いずれにせよ、水口は仕事が好きで会社一筋の男であった。そういう男が先に死に、自分のような余り者がのうのうと生きているのが不思議で、皮肉にさえ思える。

やがて焼香がはじまり、久木もその列に並ぶ。顔見知りが多いが、同じ同期入社で営業部長をしている中沢が横にいて、目礼を交す。

　そのまま一歩ずつ祭壇の前に近づくにつれて、久木は水口が死んだのを実感しながら、改めて遺影に向かって掌を合わせる。

「どうして、お前は死んでしまったの……」

　いま、久木はそうとしかいいようがない。

　死を悼むとか、冥福を祈る以前に、なぜこんなに急いで死へ旅立ったのか、そのことがいまだに不可解で釈然としない。病いはある日突然襲ってくるとはいえ、これではついうっかり、癌という地雷を踏んだ、としかいいようがない。水口と自分と、いま生と冥界を分けているのは、この地雷を踏んだか否かだけの違いである。

　なお釈然としないまま焼香を終え、遺族に挨拶をして式場を出ると、中沢に「ちょっと、寄っていかないか」と誘われた。

　出口の右手には控室があり、そこに故人と親しい人達が集まっているようである。

　水口のお通夜だから、そこでみなと故人のことを語り合いたいが、なかに入ると、会社の古い仲間に会いそうである。

　久木としては、閑職にいることが少し気になったが、それは、こちらの勝手な思い過ごしなのかもしれない。

「少しくらい、いいだろう」

再び誘われて部屋へ入ると、すでに二、三十人の客が集まり、ビールを飲んでいる。久木はそのなかの顔見知りと簡単な挨拶を交して席につくと、すぐ中沢が話しかけてくる。

「しかし、あいつはお前のことを羨ましいといっていた」

「俺のことを?」

久木がきき返すと、中沢はビールの泡がついた口のまわりを拭い、

「彼は、朝から晩まで仕事のことばかりで、ずっと働きづめだった」

「でも、それが楽しかったんだろう」

「むろん、好きだからやっていたんだが、子会社へ行ってようやく、これまでの自分の人生はなんだったのかと、疑問をもったらしい。しかし、これからもう少し余裕をもって暮らそうかと思った矢先に、癌にやられた」

それに近いことは、久木が見舞いに行ったときも、水口からきいていた。

「お前のように、できたらいいといっていた」

「俺のように?」

「別に隠さなくてもいい。好きな女性と一緒にいるのだろう」

そんなことが中沢にまで伝わっているのかと、久木は気が重くなる。

「仕事もいいが、お前のように恋もしたい。とくに、こんな年齢になると、そう思う」

「しかし、彼は奥さんを愛していたから……」

「たしかに、彼の場合は手遅れだったが、こんな死に方を見ると、なにか追われるような気持になってくる。このままではもの足りないというか、淋しいというか……」

友人の死んだ直後だけに、中沢のいうことは実感があるが、一人の女性を真剣に愛するのは、片手間ではできないし、それはそれで大変な負担になる。そのあたりのことを、中沢がどこまで知っているのか。

久木はここでも、軽い違和感を覚える。

中沢の考えていることは、家庭は家庭として守りながら外で気に入った女性と恋をする。家庭という安定と、恋というときめきと、両方ほどよく味わいたい、ということのようである。

それは多分、恋に憧れる中高年の男達が抱く、共通の願いなのかもしれない。

正直いって、久木も凜子と会った当初は、この人とときどき会って食事などしながら、ロマンチックな雰囲気に浸れたらいいと思っていた。やがてそこからさらに一歩すすんで、深い関係になっても、まだそれで家庭が乱れるとは思っていなかった。

だがいまや、久木の家庭は乱れるどころか、崩壊寸前である。いったい、いつからこんなことになったのか。久木自身もよくわからぬまま、気がついたら、とり返しのつかぬところまですすんでいた。

こんな状態のなかで、中沢に、「お前は羨ましい」などといわれても困る。羨むのは向こうの自由だが、その裏には、恋に堕ちた当事者しかわからない無数の苦しみや切なさがある。

むろん中沢は、久木の家庭がそこまで壊れ、凜子と二人でそこまで深く恋の地獄に堕ちているとは、知らないようである。

ただ、いま流行のトレンディードラマのように、軽く口で傷つけ合ったり、癒やしたりしながら、最後はどこかで、誠実とか優しさなどによって幸せがくると信じている。そんな薄っぺらで調子のいい筋書きだけを、夢見ているとしたら問題である。

はっきりいって、久木はいま、そんな甘いムードだけの世界に浸る気はない。いや、浸れるものなら浸りたいが、二人の状態は、すでにそこに戻るには遅すぎる。ここまで深まったら、もはや理性とか良識などでは抑えきれない。生きとし生けるもの、この世に生まれたときから原罪のように軀の内奥に秘めてきた、生まの衝動にとり憑かれ、のたうちまわっている。

ここから先の愛は、優しさや誠実などとは無縁の命の削りあいで、行き着く果ては破壊か破滅しかない。そんな思いにかりたてられ、怯えているときに、羨ましいなどといわれると、苛立ちをとおりこして、腹立たしくさえなってくる。

控室の弔問の客はさらに増えて、四、五十人に達しているようである。

「やっぱり、現役のまま死ぬと、葬儀も盛大だ」

中沢のいうとおり、水口は子会社に出たとはいえ、本社の役員でもあったから、出版界から放送、広告業界まで含めて、さまざまな人の顔が見える。

「若くて死んだのは残念だが、これが定年のあとなら、半分も来てくれないかもしれない」

祭壇のまわりに並ぶ花束を見ながら、久木がつぶやく。

「でも、彼は顔が広かったから」

「しかし顔だけでは、これだけこない」

「そんなことも、ないだろう」

「人間なんて、利用価値のなくなった者には冷たい」

「でも、亡くなってからでも来てくれるのが、本当の友達だろう」

「しかし、お前はいい」

突然いわれて解せずにいると、中沢が悪戯っぽい顔になって、

「お前の場合、彼女は必ずお参りに来てくれるだろう。でも、俺にはそういう女性はいない」

「いや……」

久木は否定してから、そんな情景を、これまで想像したこともなかったことに気がつく。

「なにかあったら、俺にきちんといっておいてくれ。せっかく彼女が来てくれたのに、隅っこにおいておくのは、可哀相だから」

「まさか……」

中沢は、久木の妻が喪主になり、凛子が弔問に訪れた場面を想像しているようだが、そんなことは起こるわけもない。

「それとも、お前の場合は、いまの彼女が喪主になるのかな？」

中沢は面白がっていっているようだが、そういう姿も考えたことはない。

「とにかく、葬式は、その人間の一生の縮図だからな。気をつけたほうがいい」

「そろそろ失礼する」

また新しい客が来たようなので、久木は立上る。

「これから、彼女のところか？」

否定しても、中沢は信じていないようなので黙っていると、

「しかし、まさか、その人と結婚するわけじゃないだろうな」

「俺が？」

「横山たちが、心配していた」

やはり中沢は、凛子のことを、調査室にいる仲間からきいたようである。

「まだ、そこまでは考えていない」

「それならいいが、お前はなにをやらかすか、わからないから……」

「わからない？」

「いや、あれは昔のことだ」

中沢が苦笑するのを見て、久木は三年前のトラブルのことを思い出す。

そのころ久木は出版部長だったが、ある宗教関係の本を出すことに反対した。むろん出せばかなり売れることはわかっていたが、主宰者の宣伝臭が強すぎるところから、社のイメージに合わないと判断したのである。しかしそれ以前から、販売第一主義のやり方に反対していたこともあって、推進派の役員とのあいだで揉めて、結局、出版は見合わせることになった。

当時、中沢は営業部にいて仲をとりもってくれたので、そのことを思い出したようである。

「まあ、それとこれとは違うが……」

「むろん、違う」といいたいが、いまは仕事に対して、そのころほどの情熱はない。

「じゃあ、また……」

久木は中沢に軽く手を挙げて、部屋を出る。

そのまま私鉄の駅まで歩き、そこから電車に乗って渋谷へ戻る。

とくにこれといって、仕事をしたわけでもない。ただ通夜に行って焼香して、軽くビールを飲んだだけなのに、疲れたのはどういうわけなのか。

水口が死んで意気消沈したこともあるが、中沢や他の同僚達と会い、どこか自分だけ少し離れて、別の世界をさ迷っている。そんな違和感というか、孤独な思いが、いっそう疲れを増幅させたのかもしれない。

夜八時を過ぎて、都心に向かう電車は空いている。久木はその端の席に坐りながら、少し前、中沢にいわれたことを思い出す。

「その人と結婚するわけじゃないだろうな」

中沢はなに気なくきいたようだが、たしかにそれは気がかりなことかもしれない。

二人はいま噂どおり、ともに家を出て同じ部屋で暮らし、世間体や親や子の意志も無視して、自分達二人だけの世界に没頭している。そこまで決断し、実行したのなら、その先に考えるのは結婚である。まわりに祝福されるか否かはともかく、まず新しい家庭を築き、第一歩からやり直すのが筋である。

だが不思議なことに、久木はこれまで、凜子と結婚し、ともに家庭を築くことなぞ考えたことはない。いま二人でいる部屋をもう少し広くとか、本の置場が欲しいなどと思うことはあっても、新しい生活に入ることまでは考えていない。

奇妙なことに、それは凜子も同じで、彼女自身の口から、「結婚したい」という言葉をきいたことがないし、久木自身もいったことがない。

これだけ互いに惹かれ、求め合っているのに、なぜいままで結婚のことを考えなかったのか。

たしかに、凜子の夫は当分、離婚に同意しそうもなく、そんな状態で結婚を強行したら重婚罪になる。久木にしても、妻は離婚に同意していても、いざ現実となると、財産分与や家のことなどをめぐって、かなり面倒なことになりそうである。そのあたりのことが解決しないかぎり、安易に結婚に踏み切れない。

くわえて、これまではともに家を出て、一緒に暮すようにするだけで精一杯で、そこから一歩すすめて、結婚のことまで考える余裕もなかった。

だから忘れていた、といえばわかりやすいが、はたしてそうなのか。

ともに二人でいる時間はかぎりなくあったし、いずれかが「結婚」という言葉をいい出せば、それですぐ意気投合しそうなのに、互いに口を噤んでいたのはなぜなのか。

考える久木に向って、別の声が囁く。

「もしかして、二人とも、結婚を恐れているのかもしれない」

夜の電車のなかで、久木は改めて、自分の心にきいてみる。

「なにを恐れて、結婚に踏みきれないのか？」

問い詰めるうちに、久木の脳裏に、ひとつの過去が甦える。

いまでこそ別居同然だが、かつて久木と妻とは恋愛関係にあった。むろん、いまの凜子とのあいだほど熱く燃え滾ったものではないが、それなりに愛し、互いにこの人を生涯の伴侶に適わしいと思って結婚したはずである。

だがその結婚生活も二十五年も経つとぼろぼろに綻び、いまや修復不可能なまでに崩れ去っている。むろん破綻の直接の原因は、久木が凜子に溺れたことだが、それがなくても、以前からかなり綻びていたことはたしかである。

しかしそれにしても、あれほどみなに祝福され、自分達も大丈夫と思いこんでいた愛が、いとも呆気なく、しかも無残に消えたのはなぜなのか。

そこでごく自然に、「日常」と「惰性」という言葉が浮かんでくる。

いかなる愛も、結婚して日常というなかに埋没した途端、惰性に流れ、消滅していくのかもしれない。そして凜子との、命を削るほどの愛にしても例外ではない。

もしかして、久木がいままで結婚のことを口に出さず、凜子もそれを口にしなかったのは、互いにすでに一度、結婚を体験し、そこが安らぎという保障のかわりに、惰性と怠惰という悪魔が巣食うところであることを、身をもって知っているからかもしれない。

そこまで考えて、久木はふと、阿部定が石田吉蔵を殺したのは、ともに深く知り合ってから、わずか三ヵ月しか経っていなかったことを思い出す。

あの狂気のような情事の果てに、愛しさのあまり女が男を絞め殺した。それは知り合ってわずか三ヵ月目の、まさに狂い咲く花のように情熱が燃え盛ったときだからこそ、殺すことができたのではないか。

もし二人が半年か一年後に結婚でもしていたら、あれほどの愛しさも独占欲もわかなかった。それどころか、燃え方が激しかった分だけ逆に憎しみも深まり、早々に別れていたかもしれない。

まさしく、愛にも「時分の花」がある。

さまざまなことを考えながら、久木が渋谷に着いたのは九時だった。

相変らず駅のまわりは、これから家路を急ぐサラリーマンや、盛り場へ向かう若者たちであふれている。その雑踏を抜け、広い道からゆるやかな坂を登って小路へ入ると、あたりは急に静かになる。その一本目の角に、久木の住むマンションがある。五階建てだがさほど大きくなく、全部で三十戸ぐらいしか入っていない。借りるときは築十五年ということだったが、大分古びて、入口のブロックの塀の一部が崩れたままになっている。

どういうわけか、世田谷の家に戻ったときは、「帰ってきた」という感じがしたが、この部屋の場合は、なにか、二人だけの秘密の隠れ家にたどり着いたという感じで、入る前に一旦、あたりを見廻す。むろんマンションのまわりは閑散として誰もいない。久木はそれを見届けてからなかへ入り、エレベーターで四階まで上り、角からふたつ目の部屋のチャイムを押す。

凜子が部屋にいるときは、いつも待ちかねたように飛び出してくるが、今夜は少し遅い。

気になって再びチャイムを押し、自分の鍵で開けようとすると、ようやくドアが内側から開いて、凜子の顔が見える。

「おかえりなさい」

いつもと同じ言葉だが、やや伏し目がちで声も少しくぐもっている。

「どうしたの？」

咄嗟にきくが、凜子は答えない。

「なにか、あったの」

喪服を脱いでさらに尋ねると、凜子はそれをハンガーにかけながら、

「さっき、母から電話があって……」

凜子は、最近この部屋の場所と電話番号を、横浜の母にだけは知らせていたが、その沈んだ表情から、歓迎すべき内容でなかったことは察しがつく。

「それで？」

「また、いろいろいわれて、最後に、親子の縁を切ると……」

凜子はそれだけいうと、目頭に手を当てる。

久木はガウンに着替えるとソファーに坐って、ひとつ大きく息をつく。

凜子が、実家の母から何度か叱られていることは、すでにきいている。結婚しているのに、勝手に家を飛び出し、他の男と同棲している娘に対して、母が厳しく当るのは当然である。

だが、親子の縁を切る、とまでいわれたのは、今度が初めてのはずである。

「電話は、突然きたの？」

「わたし、ここに籠ったまま実家にも連絡しなかったでしょう。それで、もうこのまま放っておけないと、思ったらしくて」

「本当に、縁を切るといわれたの？」

「いったわ。もう親でも子でもないから、一切、家の敷居をまたがないでくれって」

凜子の母の厳しいことは以前からきいていたが、それにしても思いきったことをいったものである。

「じゃあ、お母さんはまだ、離婚することに納得していない」

「いや、そのことはもうあきらめたみたいなの。ただはっきり話し合いもついていないのに、勝手に家を出て、他の男性と一緒に棲んでいる。それが許せないといって、そんな淫らな女に育てた覚えはないと」

「淫ら……」と、久木は思わずつぶやく。

たしかに日夜、この部屋でくり返されていることは淫らとしかいいようがないが、その裏には圧倒的な愛があることも忘れないで欲しい。

「でも、説明したのだろう」

「しても、あの人には通じない。あなたはお人好しで欺されている。あなたは軀で惹かれているのだ、ともいわれたわ。そんなもので狂わされて、可哀相な女だって」

久木が二の句をつげずにいると、凜子はひとつ溜息をついて、

「それだけじゃないといったけど、母にはわからないわ。だって、こんなことは実際に体験してみないと、わからないことでしょう」

母と娘とはいえ、これは容易ならざる会話である。母は愛に溺れている娘に、躯で惹かれているだけだろうと迫り、娘は母に、そうではないと否定しながら、母はそこまで体験したことがないのだといいきる。

不思議なのはそのあとで、それほど反発していながら、「親でも子でもない」といわれると衝撃を受け、泣きだすところが、いかにも娘らしい。

いずれにせよ、仲の良かった母と娘を引き裂き、決定的な争いにまで引きずりこんだ張本人が自分だと思うと、久木は責任を感じるとともに居たたまれぬ気持になってくる。

「わたし、もう本当に、ここしかいるところがないわ」

項垂(うなだ)れた凜子の肩に、久木はそっと手を添える。

「大丈夫、いずれ、お母さんはわかってくれる」

「あの人には無理よ、そこまで人を愛したことがないのだから」

「君のほうが深い？」

「母はなにごとも、平凡で穏やかなのが一番いい、と思っている人ですから」

いま、凜子はまさしく女として母の世界を超えたことを、実感しているのかもしれない。

「でも、母にはわかってもらえなくてもいいわ。あなたさえわかってくれれば……」

「もちろん、わかっている」

瞬間、凜子は自分から久木にしがみついて訴える。

「ねえ、抱いて、うんと強く抱いて」

いわれるままに強く抱き締めると、凜子がさらに叫ぶ。

「わたしを打って、強く打って……」

「打つ？」

「そう、滅茶苦茶に打って、わたしは悪い子だから、打って……」

そこまでいうと凜子は突然立上り、胸元をかきむしるようにブラウスのボタンをはずして、脱ぎはじめる。

久木はどうしていいかわからぬまま、自ら服を脱ぎ捨てて裸になる凜子の姿のなかに、自分と共通する孤独の影を見る。

いま久木は、家族はもとより会社の仲間とも馴染めず、一人だけ浮いた状態のまま孤独感に苛まれているが、それは凜子も同じらしい。自分では生涯で二度とないと思うほどの、重く深い愛にとらわれ、それにまっしぐらにすすめばすすむほど世間からも親からも見放されて、一人だけとり残されていく。

まわりから拒絶され、隔離されている男と女が、最後に寄り添うところは、ともに孤立している女と男の許しかない。淋しい男と淋しい女が近付き、思いのままに振る舞うことしか、互いの孤独を癒やす手段はない。

いま、凜子はまさしく、その癒やしの救いを求めて全身を投げ出している。

「ねえ、打って、思いきり打って」

暗く穴倉のように沈んだベッドの上に、凜子は全裸のままうつ伏せに倒れている。

それは暗い地下の牢獄のなかに、ただ一羽まぎれこんだ白い蝶のように、場違いな感じを与えて、久木を惑わす。

いったいこの蝶を、なにで打ちのめせばいいのか。あの妖しげな店の壁にかかっていた、先が幾重にも割れた鞭がいいのか。しかしそんなものがあるわけもない。

あたりを見廻して、久木はすぐ、ズボンにベルトがあるのを思い出し、それを抜き出して右手に垂らす。

「本当に、打っていいの？」

「いいわ、打って……」

これ以上、躊躇していては、ひれ伏している蝶を、かえって辱しめるだけである。

久木はいま一度、白い肌を見詰め、許しを乞うように唾を嚥み、次の瞬間、大上段にかまえると、一気に振り下ろす。

瞬間、高く鈍く、皮膚にくい込む音が部屋に響き、呻きとも悲鳴ともつかぬ声が女体から洩れる。

「やめて……」

自ら求めていながら、まともに鞭を受けたのは初めてなのか、凜子はたちまち恐怖に怯えて逃げ出そうとする。

だがかまわず、久木がさらに二度続けて打ち下ろすと、凜子はベッドの上を這い廻って叫ぶ。

「痛いから、やめて」

どうやら、凜子は思い違いをしていたようである。鞭で打たれるといっても、打たれる痛みより、打ち据えられる自分の姿や、その瞬間の被虐感を想像して、求めたようである。

だが現実に打たれてみると、思っていた以上に痛くて辛すぎる。

「やめて」

再び訴えるのをきいて、久木はベルトを捨てる。

「痛かった？」

「当り前よ、ひどいわ」

数回、打ち据えられただけで、凜子は心底、懲りたようである。

「どうなってるの、傷ついてない？」

ベッドのわきのスタンドをつけて見ると、背から臀へ、赤い鞭のあとが数本交錯している。

「少し、赤くなっている」

「凄く強く、打つんだもの」

「だって、打てといったろう」

「あんなに、本気に打つとは思わなかった」

凛子のいうことは、どこか勝手で矛盾している。

「すぐ、治るよ」

久木が白い肌に浮き出た赤い筋に指を添えると、凛子がつぶやく。

「そこだけ痺(しび)れて、わからないわ」

凛子はそういってから、思いついたように、

「そうだ、今度は仕返しに、あなたを打ってあげる」

「駄目だ、男なぞ打っても仕方がない」

久木は打たれる姿のことをいったのだが、凛子は打ち甲斐のことをいっているようである。

「あなたが、打たれて逃げまわるところを見たいわ」

なにやら妖しい話になってきたので、久木は先にベッドから離れて、凛子の背を見下ろす。

透き通るほど白い肌の上に鞭の痕が赤く蛇行して、なにかシュールな絵でも見るようである。久木がその、背からお臀へ走る赤い筋に指を添えると、凜子がつぶやく。

「でも、きれいだ」

「ねえ、熱いの……」

打たれた痕が火照るのか、凜子は腰をくねらせて、

「火傷のように、熱いのよ」

だからどうせよというのか、戸惑っていると凜子が久木の手を引き寄せる。

「抱いて、しっかり抱いて」

いわれるとおり、久木が再びベッドに横たわると、凜子は自分から抱きついてきて、

「わたし、おかしいわ、おかしいでしょう」

狂ったように叫びながら、きっぱりという。

「早くちょうだい」

凜子から求められて、久木は背中の傷を避けるように、上から抱き締める。

「ねえ、強く強く……」

いま鞭で打たれたことが、凜子には充分の前戯となっているようである。

充分、潤った秘所は男をしっかりととらえ、そのまま久木がリードするというより、凜子が一方的に動く形で奔り出し、やがて「火がつく……」とつぶやき、「灼ける」という声に

耐えきれなくなって、久木が果てると、それに誘われたように凜子が叫ぶ。

「死ぬう……」

どういうわけか、最後の語尾が虚空を吹き抜ける風のように行き果てて、次の瞬間、まさに死のような静寂が訪れる。

そのまま息を潜めて横たわったまま、久木は一瞬前、自分と凜子を巻きこんだ嵐の経緯を思い返す。

それにしても不思議である。

凜子が自分から鞭を求めてきたのは、自らの軀を痛めつけたいと願ったからである。

母に、あなたは淫らだといわれ、親子の縁を切るとまでいわれて驚き慌て、その原因は、自らの軀に潜む淫蕩な血のせいかと不安になった。それを暴き出し、流し去るには、鞭ででも打ってもらうよりないと、咄嗟に考えた。

実際、鞭をふるった久木のほうも、打ちながら、凜子の全身から、淫らという虫が無数に噴き出てくるような錯覚にとらわれた。

だが終わってみると、結果はまったく違っている。

鞭で打たれて、凜子はたしかに喚き悶えたが、それとともに不安も恥じらいも消え、いままでよりさらに激しい悦びを知ったようである。

全身の淫ら虫をとり除くどころか、より強く、より深く、悦びの世界にのめりこむ。

　これでは、鞭にどれほどの効果があったのか。いや、効果どころか、むしろ軀を火照らせ、新たな欲情をかきたてる興奮剤となっただけではないか。

　それにしても、情事を終えたあとの凜子の肌の、なんと美しいことか。

　凜子はいま、鞭を受けたときと同じように、ベッドに両手を広げてつっ伏しているが、背から臀にかけて交錯した赤い筋とともに、白い皮膚まできらきらと薔薇色に輝いている。

「ねえ、熱いわ……」

　凜子はうつ向いたまま、なおつぶやくが、それは無理もない。

　鞭を受けて、すべての毛細血管が拡張し、血の流れが激しくなったうえに、セックスで追い討ちをかけられて、凜子の全身はいまも余熱をもったまま燃えているようである。

　その火照る肌に触れながら、久木は改めて考える。

　いったい、女性がアクメに達するときの快感は、どの程度のものなのか。

　女という性を体験したことがない男には、所詮、空想するだけだが、男よりはるかに強く、深いことはたしかなようである。

　むろん、男も射精の瞬間にはかなり強烈な快感があるが、きわめて短く、いわゆる一瞬に近い。それにくらべたら数倍か、あるいは数十倍か。一説には、射精の瞬間が延々と続くのと同じともいうが、それなら大変な快楽で、俗に何倍などともっともらしく数値でいうのは、その瞬間を時間的に継続するとして、計算したのであろうか。

　それより具体的なものとしては、肛門（アヌス）で体験するという方法がないわけではない。いわゆるオカマだが、これなら女性の性感と近い感覚を知ることができそうである。

　このアヌスの性交に一旦馴染むと、ほとんどの男達はその圧倒的な快楽に惹きつけられ、深入りするらしい。それこそ、挿入する性から受け入れる性への転換で、その魔力にとりこまれた男達は、もはや正常の性に戻ることはないともいわれている。

　それを思うと、受け入れる側の悦びは余程深いということになるが、そんな異常な個所を用いるまでもなく、女性はヴァギナというたしかなものを有して、それ以上に実感できるのだから、こんな恵まれた性はない。くわえて、女性には男のものに相当する蕾（つぼみ）があり、そこでも男の快感に近いものも感じうるのだから、欲張りで贅沢な性ともいえる。

　もっとも、だからといって女性のすべてが、その快楽のすべてを適確に実感しうるわけではない。なかにはいまだ充分開発されず、感じても薄いか、さらには性そのものに、嫌悪や屈辱しか感じない人もいるようである。そういう人達を除いて、完全に深く激しいアクメに達する女性はどれくらいいるのか。正確な比率はわからないが、それを感じる人々はやはり性におけるエリート、ということになるのかもしれない。

　いま、凛子はまさしくその選ばれた人として、ベッドの上で快楽の名残りに浸りながら横たわっている。そのたゆたうような姿には、完全なアクメを知り尽した女の、豊饒さと自信と満足感があふれているようである。

「しかし、不思議だ」

久木がつぶやくと、凜子がかすかに上体を寄せて、

「なにが、不思議なの」

「水口が死んで、お通夜に行ってきた晩に、俺達は二人でこんなことをしている」

「いけないの？」

「そういうことじゃなくて、死も生も紙一重のような……」

久木は祭壇に飾ってあった、まだ健康であった頃の水口の遺影を思い出す。

「ああいうところに行ってくると、みんな同じような気がしてくる」

「なにが、同じなの」

「いま元気に生きているといっても、いずれみな死ぬわけで、ただ早いか遅いかの違いだけだろう」

凜子は背を見せたままうなずくが、ふと久木の手をとると、自らの胸に当てて、

「ねえ、一緒に死にましょうか」

「一緒に……」

「だって、どうせ死ぬのなら、一緒のほうがいいでしょう。わたし、いまでもう充分なのよ」

いつからか、凜子のなかには、死に憧れる気持が潜んでいるようである。

もっとも凜子が望んでいるのは、満ち足りた頂点での死であるのに対して、久木は友人の通夜に行ってきた、その虚無感からのことで、同じ死でも、二人のあいだには微妙な違いがありそうである。久木はそのことが気になって、さらにきいてみる。

「さっき、いまでもう充分だと、いったろう」

「そう、いつ死んでもいいわ」

「もっと、生きたいとは?」

「もちろん、生きててもいいけど、いまが一番幸せな気がする。あなたと毎日こうして、一杯愛してもらっているでしょう」

「でも、生きていると、もっといいことがあるかもしれない」

「それと同じくらい、悪いこともあるかもしれないわ。これから先、はっきりしていることといったら、年齢(とし)をとることだけでしょう」

「まだまだ、君は大丈夫だ」

「そんなことないわ。前にもいったとおり、これからは一日一日、肌がゆるんで皺が増えて、衰えていくだけよ」

凜子の話はいささかペシミスティックだが、たしかに久木も確実に老いて、会社での仕事もなくなり、不要な人間となっていくことは避けられない。そんなことなら、いっそこのまま、凜子という花に包まれているうちに消えたほうが、幸せなのかもしれない。

「いまなら、われわれは最高かな」

「もちろん、わたし達みたいに、愛し合っている二人はいないわ」

たしかにそうだと、久木がうなずくと、凜子はゆっくりと向き直って、

「ねえ、またどこかへ行きたいわ。ずっとここにだけいると、気が滅入って……」

それは、久木も感じていたことである。

「軽井沢に行きましょうか。父が建てた別荘があるから、そこに二人だけでいましょうよ」

「でも、誰か来るんじゃないの」

「大丈夫よ、いつも空いているし、あそこならなにをしても、誰にも文句をいわれないわ」

凜子の心はすでに、木立ちの深い静寂な軽井沢に飛んでいるようである。

# 半夏(はんげ)

七月の二週目に、久木は軽井沢に行くために二日間の休暇をとった。

まだ梅雨明けには少し間があるが、そろそろ終りに近く、集中豪雨や雷が多いときである。

せっかく軽井沢に行くのなら、梅雨が明けてからとも思ったが、七月の半ばからは会議が続いて休みにくい。それに、連日の梅雨空のなかで、渋谷の穴倉のような部屋に閉じ籠っていると気が滅入るばかりなので、早く出かけたいという気持もあった。

くわえて、「雨の軽井沢もいいわ」という、凜子の言葉に惹かれたところもある。

たしかに、梅雨どきの軽井沢は、樹木はたっぷりと水を吸いこんで緑を深め、夏休みにもまだ間があって、訪れる人も少ない。

そんなときに、週末も含めてゆっくり三泊くらいできたら、身も心も洗われそうである。

正直いって、このところ、久木も凜子も精神的にいささかめげていた。

まず久木のほうは、娘の知佳から、「いつまでもぐずぐずしないで、はっきり離婚したら」と、いわれたことが響いている。

娘にいわれるまでもなく、久木はいまさら妻のところに戻る気はないが、といってすすんで離婚届けに判をおす気にもなれない。そのあたりは、長年、結婚生活を続けてきた者だけに通じる戸惑いだが、その後、妻からも離婚届けのことについてなにもいってこない。子供の知佳にしてみれば、そのあたりが、親ながら歯痒く、苛立つところなのかもしれない。

ともかく、娘からも離婚を迫られて、久木はさらに家族から遠のくというか、孤立した感じになったことは否めない。

一方、凜子もこのところ少しエキセントリックになっているが、それは久し振りに、夫のいる家に戻ったことと無縁ではなさそうである。

軽井沢の別荘の鍵が家にあるので、凜子は夫のいないときを見計って、取りに戻ったが、そこに意外な気配を察知したらしい。いや、意外というより、考えてみればむしろ当然のことだが、家に、凜子の見知らぬ女性が出入りしているようである。

それを知ったのは、七月初めの平日の午後だった。

凜子の夫は毎日、遅くとも八時には出かけるので、そのときはむろん不在で、家には誰もいなかった。

凜子は、以前から自分がつかっていた二階の六畳の部屋に行き、箪笥の抽出しのなかに入れてあった別荘の鍵を取り出し、そのまま戻ろうとして、家のなかが少し不自然なことに気がついた。

もともと、夫は男にしては綺麗好きなほうで、結構、細かいことにも口を出す人だったが、それにしても書斎やリビングルームが綺麗に片付きすぎている。朝、夫は必ずコーヒーを飲んで出かけるが、カップも片付けられたうえ、キッチンの布巾はきちんと絞って折り畳まれ、つかわれたボールも水を切って伏せてある。さらに書斎の机の上には、庭の紫陽花(あじさい)と思われる一輪が、花瓶に挿し込まれている。

お手伝いか、それとも義母でもきて掃除をしているのかと思ったが、バスルームには凜子がつかっていたのとは別の、花柄のタオルと赤い柄の歯刷子がおかれていた。

誰か、他の女性がきている。そう思うと、いたたまれぬ気持になって早々に逃げ出してきたらしい。

「いやあねえ」

凜子は嘆きとも、溜息ともつかぬ声をだしたが、といって怒っているわけでもない。実際、自分から家を飛び出した以上、そのあとに別の女性が入りこんできたからといって、文句をいえた義理ではない。

「これで、すっきりしたわ」

凜子はそういいながら、なお釈然としないようでもある。

「他に好きな人がいるのなら、早く離婚してくれるといいのに」

もし、凜子の推測どおりだとすると、凜子の夫は、その女性と際き合いながら、凜子との離婚には応じないということなのだろうか。

「わたし、もうこれで、どこにも未練はないわ」

凜子はかすかに微笑むが、その横顔は少し淋しげでもある。

もしかして晴れると思ったが、軽井沢に向かった日はやはり雨であった。

天気予報では、太平洋南岸に梅雨前線が停滞し、それにくわえて小笠原諸島の近くまで北上してきた台風の影響を受けて、東海、関東一帯に大雨が降るおそれがあると報じている。

そんな状況のなかで、二人は夕食を終えると、早々に軽井沢に向かった。

初めから久木が自分の車を運転したが、軽井沢周辺の道は凜子のほうが詳しそうである。

首都高速を抜けるまでは混んでいたが、関越高速に入ると順調に走り出す。

雨は激しくはないが小降りでもない。ワイパーが絶え間なく動くフロントガラスを見ながら、久木はふと、二人で東京から脱走していくような気分になる。

「こんなシーンを、なにかの映画で見たような気がする」

「まさか、ギャング映画じゃないでしょうね」

「そんな殺人犯じゃなくて、愛し合った二人が都会を逃れて、見知らぬ町へ去って行く」

久木が説明すると、凜子は少し間をおいて、

「でもわたしたち、殺人犯と同じかもしれない」

「誰かを、殺した？」

「そうではないけど、いろいろな人を苦しめているでしょう。たとえば、あなたの奥さんやお子さんや、そのまわりの人々も……」

凜子が久木の家族について触れるのは、いまが初めてである。

「でも、その点では君の家も……」

「そう、わたしのまわりの人々も、一杯傷つけてるわ」

珍しく殊勝なことをいうので、久木はむしろ慰めたくなって、

「人を好きになるということは、エゴイスティックなことだから。われわれの年齢になると、誰も傷つけずに、幸せになるなんてことは難しい」

「それでも、幸せになりたいときはどうするの」

「だから、要は、傷つける勇気があるかないか、の問題になってくる」

「あなたは、あるのね」

きき返されて、久木がかすかにうなずくと、雨滴が流れ続けるフロントガラスを見ながら、凜子がつぶやく。

「人を愛するってことは、怖いことだわ」

そのまま気が滅入ったのか、凜子は黙り込む。

夜の車のなかで会話が途切れると、にわかに淋しくなるのでカセットテープをおすと、気怠げなサティの曲が流れてくる。

凜子はしばらくそれを聴いていたようだが、また思い出したようにいう。

「でも、好きな人を愛するのは自然でしょう」

「もちろん、嫌いな人を愛するなんて無理だ」

「それなのに、一度結婚したらもう許されない。夫以外の人を愛したら、途端に不倫だとか、ふしだらだといわれてしまう」

凜子は日頃の鬱憤を吐き出すように続ける。

「むろん、愛せると思って結婚して、愛せなくなったことはいけないけど、でも、途中で気持が変ることとってあるでしょう」

「たしかに、二十代でいいと思った音楽や小説が、三十代、四十代になるとつまらなくなったり、嫌いになることはある。まして二十代でいいと思った相手が、年齢とともに嫌いになることは充分ありうる」

「音楽や小説なら、つまらなくなったといっても、誰からも文句をいわれない。むしろ進歩した、なんていわれるのに、人を嫌いになったときだけは、どうして、いけないといわれるの」

「一応、結婚するとき、気持は変らないと誓った以上、責任をもて、ということだろう。でもそれが無理なときには正直に謝って、場合によっては慰謝料でも払って、別れるよりない」

「そうしたいのに、なぜまわりの人に叱られて、いじめられるの？」

一途に問い詰められて、久木も答えに窮する。

「男と女というか、夫婦のあいだは、単に好き嫌いだけでも決められないから」

「でも、嫌いな人と無理にいることは、かえって相手を欺（あざむ）き、裏切ることになるでしょう。それより、好きな人と一緒にいるほうが正しいはずなのに、そうしたら、今度は人を傷つけて苦しめている、といわれてしまう」

サティの低くつぶやくようなメロディは、凜子の気持を一層沈みこませたようである。

車は花園から本庄児玉と、埼玉県の北部に向かっているが、雨はなおやみそうもない。

久木は少し沈んだ空気をかきたてるように、ハンドルを握ったまま、片手で凜子の手に触れると、それに応えるように凜子が寄り添ってくる。

「ねえ、あなたは、わたしのどこが好きなの？」

いままで現実の厳しい話をしていただけに、少し甘い会話をしたくなったのかもしれない。

「どこって、全部さ」

「でも、とくにここって、あるでしょう」

「そんな、一口でいえない」

「でも、いって……」

いささか面倒な質問に、久木は少し意地悪をいいたくなる。

「凄くきちんとしていて、そのくせ、なにか思い詰めている感じで、心配で目を離せないと思って近づいたら……」

「そうしたら、どうだったの？」

「大変なエッチだった」

凜子は拳で久木の膝をとんと打って、

「そういうようにしたのは、あなたでしょう」

「きちんとしている分だけ、淫らだった」

「気に入ったのは、そこだけ？」

「じゃあ、このさい全部いうけど、いつも一生懸命で、甲斐甲斐しくて、意外に大胆で、そのくせ泣虫で、美しいのに、どこかバランスが崩れているところが……」

「わたし、バランスが崩れているなんていわれたの、初めてよ」

「二人でこんなことをしているのだもの、崩れているに決まってるだろう」

凜子は雨のフロントガラスに指を当てたまま、

「じゃあ、あなたの好きなところ、いってあげましょうか」

「あるのかな?」

「やっぱり、バランスが崩れてるところよ」

「そうかな……」

「初め会ったときから、あなたは普通の人でないような気がしたわ。大きな出版社の部長さんだときいたから、余程、きちんとしている人だと思ったら、あまり偉そうじゃなくて、そのくせ創っていた本のことを喋りだすと、少年のように一生懸命になって、それが終ると、急に会いたい、なんていってきて、ぎごちない人だと思ったら、突然迫ってきて」

「それは君が……」

「いいからきいて」

凛子はそこでミントの飴を久木の口におしこんでから、

「わたし、本当はあなたを見損ったのよ」

「見損った?」

「だって、初めはすごく控えめで紳士的だったから気を許していたら、さっとホテルへ連れて行ったでしょう」

凛子と初めて結ばれたのは、会ってから三ヵ月後の夜で、青山のレストランで食事をしたあとだった。

「あのとき、食事をしていたら、あなたがソルトポットが開いているのにキャップをとったから、一気に振りかかってお皿がお塩だらけになったでしょう。あんなことをするから心配で、お部屋についていったら、いきなり襲うんだもの」

「おいおい、ヤクザみたいなことをいうなよ」

「そう、あなたはヤクザみたいなところがあるわよ。あっという間にわたしを奪って、そのまま虜にして、逃げられなくしてしまった」

「知らない人がきいたら、本当かと思う」

「ヤクザというのは、麻薬かなにかをつかうのでしょう。でも、あなたは薬はつかわないけど、セックスでわたしをがんじがらめにして、凄く悪い奴よ」

　これはいったい、喜んでいいのか悲しむべきなのか。

「ヤクザは勝手に女性をたぶらかして、金儲けに利用するのだろう。でも、このヤクザは違う。君が好きだから、一生懸命愛しているうちに離れがたくなった。同じ逃げられなくなっても、薬ではなく、愛で引きつけられた」

「それが困るのよ。薬なら治る可能性があるけど、愛は治るどころか、深まるばかりでしょう」

　そんないいがかりがあるのかと、久木が呆れていると、凛子がそっと顔を近付けて、

「同じヤクザでも、あなたはソフトなヤクザよ」

車はさらに上信越自動車道をすすんで、碓氷(うすい)峠に近づいたようである。いままで降り続いていた雨はやや小降りになったが、かわりに霧が出てきて、ヘッドライトの光もかすんで見える。

道は曲りながら登っていくので、久木は無言のまま慎重に運転する。峠のトンネルを数回抜けると、霧が急速に薄れて軽井沢へ出る。時計を見ると十時で、東京を出たのは七時半だから、ほぼ二時間半かかったことになる。

夏休みにはまだ少し間がある平日の夜のせいか、道は閑散(かんさん)として、ところどころにある自動販売機の明りだけが、雨のなかで淋しげである。

凜子は、軽井沢には子供のころからよく来ていて詳しいので、駅前で運転をかわり、新道から万平通りに入り、五、六百メートル行った角を右へ入る。軽井沢でも、いわゆる旧軽の古い別荘地で、カラマツ林に囲まれて静まり返っている。

「ようやく、着いたわ」

車を櫟(くぬぎ)の植込みの先の駐車場に停めて外へ出ると、深い木立ちの先に、三角屋根の洋館が見え、すでに門灯が点いている。

別荘を管理してくれる笠原という人に、今夜、行くことを連絡しておいたので、あらかじめ明りをつけておいてくれたらしい。

「小さくて、こぢんまりとした家でしょう」

凜子がいうとおり、建坪はさほど大きくないが、敷地は奥行きが深く、まわりを鬱蒼(うっそう)とした樹木がとり囲んでいる。

「建てたのは二十年近く前だから、大分古くなって」

「でも、なかなか洒落(しゃれ)ている」

夜でよくわからないが、外見は淡いベージュの煉瓦でつつまれ、玄関を入るとすぐ、ステンドグラスの飾り窓がある。

「父が軽井沢でも、洋館風の家がいいといって、こんなふうにしたのよ」

凜子の父は横浜で輸入商をしていたというから、その好みでつくったのかもしれない。

玄関を入ると、木肌の感じを生かした広いリビングルームがある。やや横長の部屋の左端に暖炉があり、それを囲むようにソファーと椅子が置かれ、その奥にはキッチンをはさんでオーク材の食卓テーブルがおかれ、右手のコーナーはホームバーになっている。

凜子はさらに部屋を案内してくれるが、玄関の右手には、和室の部屋と、ベッドがふたつある洋間があり、二階には大きな机のある書斎を兼ねた洋間と、洋簞笥とダブルベッドがおかれた寝室がある。

「最近来ていないから、湿気がこもって……」

凜子はそういいながら左右に窓を開いて、夜気を入れる。

「お母さんは、こないの？」

「母は軽いリウマチなので、梅雨どきは来たがらないわ」

凜子はさらにベッドカバーを除きながら、

「ここなら誰にも邪魔されないでしょう」

たしかにこの部屋に潜んでいるかぎり、誰にも知られることはなさそうである。

家のおおかたを見てリビングルームに戻ると、凜子が暖炉の火をつけてくれる。七月も半ばに近いとはいえ、梅雨寒とでもいうのか、少し冷んやりとしている。

暖炉のまわりには大きな薪（まき）が積み重ねてあるが、それも管理人が準備をしてくれたらしい。薪が燃え始めると、暖気とともに焔が揺れて、避暑地にきた思いが一層深くなる。

「ねえ、着替えがないでしょう」

凜子はそういうと、父親が着ていたというパジャマを持ってくる。

「今度、あなたのも揃えておかないと、いけないわね」

久木が、いわれるとおり凜子の父のパジャマを着ると、少し大きいといって、笑いだす。

「わたしも着替えてくるわ」

そのまま久木がソファーに坐って暖炉の火を見ていると、凜子が白いシルクのガウン姿で現れる。

「シャンペンを飲みましょうか」

凜子はホームバーの前の棚からボトルを取り出して、細長いロブマイヤーのグラスに注ぐ。

「ようやく、あなたと一緒にこられたわ」

凜子はそういってグラスをさし出してから、

「軽井沢の二人のために」といって、乾杯する。

「今夜は、どこで休むの？」

「二階の寝室がいいでしょう」

たしかに二階のベッドルームには、黒塗りの洋箪笥と大きなダブルベッドがおかれていた。

「あの部屋は父が来たときによくつかっていたけど、もう三年も来ていないし、そのころとはシーツもベッドカバーも全部替えました。あそこでは、いやですか？」

「そんなことはないけど、二人で休んで、お父さんに叱られないかな」

「大丈夫よ。父は母と違って理解があるから。わたしが結婚するとき、〝いやなら、いつでも戻っておいで〟といってくれたわ」

去年の暮、凜子の父が急死して、凜子は悄気きっていたが、父と娘のあいだには、他人からは想像できぬ特別の親しみがあったのかもしれない。

「わたし、父が死んだときはショックで。それまで我儘ばかりいってきたから……」

咄嗟に、久木は通夜の夜、淫らな形で凜子を求めたことを思い出したが、凜子もそれを思い出したらしい。

「あのとき、あなたに呼ばれてホテルへ行ったでしょう。だから父に申し訳なくて、でも、あなたがいてくれたから、元気になれたのかもしれない」

「お父さんが、ここに二人できているのを知ったら、どうだろう」

「父なら、わかってくれるわ。いつも、好きな人と一緒にいられるのが、一番の幸せだといっていたから。わたしが、あなたと二人で東京から逃げてきたといったら、いいよ、ずっとここにいなさい、といってくれたかもしれない」

父親のことを思い出しているうちに辛くなったのか、凜子は声を詰まらせる。

そのまま二人で暖炉の火を見ていると、凜子がつぶやく。

「火にも、いろいろな形があるのね」

たしかに同じ薪から燃え上っても、赤くて大きい焔も、少し黄ばんで小さい焔もある。

「わたしは、あの大きい火よ」

指さす凜子の額は火を受けて、かすかに朱を帯びて揺れている。

その夜、久木は凜子の父の夢を見た。

その人は、寝室の隣りの書斎の椅子に凭(もた)れているが、大柄などっしりとしたうしろ姿だけで、顔は見えない。

凜子が小声で、父だと教えてくれるので、挨拶をしようと近づくと、不意にうしろ姿が消え、不思議に思っていると、すでに火葬に付されているという。そのまま黒い穴の奥で燃える焔を見ていると、凜子が、父が焼かれている火だと告げる。それをきいて、久木が掌を合わせると、焔は次第に小さくなり、薪が湿っているという声をきくうちに消えてしまう。

目覚めたのはその直後で、肌寒さを感じたのは、火が消えたことと関わりがあるのかもしれない。ベッドサイドにあるラリックのスタンドで淡く浮き出た部屋の様子と、横に休んでいる凜子を見て、久木は初めて軽井沢に来ていることに気がつき、いまの夢のあとを追う。

どのシーンも断片的で、つながりがなさそうにみえるが、よく考えると、休む前に、凜子から父の話をきき、自分がその父が着ていたというパジャマを着て、ともに暖炉の火を見ていたことと微妙につながっているようである。最後の、凜子の父が焼けている火だというところだけが不気味で、あたりを見廻すが、夢で見た死の翳らしいものはない。

何時なのか、時計を階下においてきたのでわからないが、午前三時ごろなのかもしれない。日中からの雨はなお降り続いているらしく、ベッドの頭側にある窓の桟に雨滴が当る音がする。

久木はまた肌寒さを覚えて、軽くうつ伏せ気味に眠っている凜子に寄り添い、横から抱きかかえるように肌を密着させる。

昨夜も休むとき二人は肌を寄せ合っていたが、結ばれることはなかった。久木は仕事を終えたあと、軽井沢まで運転してきて少し疲れていたし、凜子も久しぶりに来た別荘の整理で忙がしかった。しかしそれ以上に、これから三日間、この別荘に一緒にいられるという安心感が、性急に求めることを抑えてもいた。

いまひと眠りして、久木は少し欲しくなっていたが、熟睡している凜子を起こすのは可哀相である。

ここでも、まだ時間があるという安堵から、久木は凜子の柔らかな肌に触れるだけで満足して、夢の続きの眠りに落ちていく。

久木が再び目覚めたとき、凜子はやはりうつ伏せのまま横たわっていたが、頭はやや醒めていたようである。

眠っていたあいだに離れた距離をうずめるように、久木が寄り添うと、凜子も待っていたように上体を寄せてくる。

そのまま抱き合い、肌の温もりをたしかめながら、「何時かな」とつぶやくと、凜子が、

「サイドテーブルの上に時計があるでしょう」という。

久木が凜子の肩を抱いたまま、振り返って時計を見ると、午前八時だった。

そんなに眠ったのかと、不思議に思って雨の音がする窓を見ていると、凜子がきく。

「起きるのですか」

「いや……」

軽井沢で、二、三、行ってみたいところはあるが、いま急いで行くまでもない。

「まだ、降っているのね」

窓は厚手のカーテンでおおわれているので、部屋はなおうす暗いが、かすかな風の音で、雨滴が樹々の葉に当り、ガラス窓を流れていくのがわかる。

「このまま、寝ていよう」

今日で雨は三日間、東京から軽井沢へ移っても晴れる気配はない。いつもなら、その鬱陶しさに気も滅入るが、いまはさほどでもない。それどころか、雨の朝、やわらかい女体の肌に触れて戯れることほど、贅沢で幸せなことはない。

「寒くない？」

久木はそういって、凜子の肩口をさらに引き寄せてから、シルクのガウンの胸元を開く。

梅雨寒とはいえ、寒くもないし暑くもない。雨音だけが単調に響く部屋で、久木は白い胸のふくらみに唇を当て、右手を股間の繁みに添える。

そのまま柔らかく愛撫を重ねていると、凜子がつぶやく。

「欲しいの？」

「昨夜、あのまま眠ってしまったから」

しばらく凜子は黙っていたが、軽く上体をひねって、

「変なことをいって、いいですか」

「なあに?」

凜子はまた少し間をおいて、

「するなら、ずっとして」

「ずっと……」

「そう、やめないで」

久木が指の動きをとめて窺(うかが)うと、凜子は淡い朝の光の下で目を閉じたまま、唇だけがかすかに開いている。

その朝顔のような唇を見ながら、久木はいま凜子がいった言葉を反芻(はんすう)する。

「するなら、ずっと、やめないで」

それは果てしない愉悦を求める女の、正直な気持なのかもしれないが、男の側からいえば、かなり過酷な要求である。いや、過酷どころか、それは限りあるオスの性に、〝死ね〟と求めているようなものである。

だが久木はいわれたとおり、その過酷な命令に従うことにする。はたしてどこまで続けられるか自信はないが、ともかく行けるところまで行くよりない。一度でも惚れて、魅入られて虜になった以上、ひたすら女王様の命令にひれ伏し、命のかぎり努めるのがオスの宿命である。

自らにそういいきかせた男は、すでに立上っている女の乳首を口に含み、熱い吐息をくわえながら、その尖端を舌の先で巻きながら転がす。同時に一方の手は秘所の先端に添え、蕾を優しく分け、その頂点に触れるか触れぬがごとく、左右にゆっくりと震わせる。

そのまま一定のリズムを崩さずくり返すうちに、乳首と秘所は鈴のように共鳴し合うのか、次第に愉悦の声が高まり、それとともに女の両手が乳首に吸いついている男の頭を抱えこむ。

外から見ると、黒い男の頭が薄いピンクのマニキュアの指におさえこまれているように見えるが、男はかまわず口と指の奉仕をくり返す。そのまま責めているとも奉仕しているともつかぬ状態で愛撫をくり返すうちに、女は徐々に下半身を反らせ、「だめ……」とつぶやき、「ねえ……」と訴え、次の瞬間、小刻みな痙攣とともに行き果てたところで、男ははじめて一瞬の休息を許される。

だが常に、永遠の愉悦を求める女性にとって、それはまだ序の口にすぎない。女はさらなる快楽を求めて軽く上体を反らし、それに応じて男は大きく位置を変え、いま果てたばかりの秘所に、自ら顔をうずめていく。

その突っ伏した形で、男はさらに一段と唇と舌を駆使して奉仕を続け、再び女が耐えきれず、はっきり口で哀願し、せがむのを見届けたところで、男は満を持したように入っていく。

まさに待ち望んだ進入だが、男が女を支配し、コントロールしていけるのはそこまでである。

結ばれてから、男の献身（けんしん）は一段と切実さを増してくる。

いま、久木のものはたしかに凜子のなかにおさめられているが、一旦、やわらかい襞につつまれた男のそれは、すすむも退くも、相手の許諾と合意が必要になってくる。

男はこれからの長い道のりを想定して、まず横から寄り添う形で股間を合わせ、おもむろに肢を絡ませる。そのまま左手は女の腰に当て、右手は仰向けの胸に添えて乳房をまさぐる。いわば両手両足を駆使しての態勢だが、持続という点では、まさしくこの形が最もリードしやすく、かつ適確に好所に響く。

男のものがすすんでは退き、退いてはすすむ。一見、動きは同じでも、ときに女の腰を軽く持ち上げれば、男の熱いものは鋭敏な襞の上面をなぞり、女はその疼くような歯痒さに息を荒らげる。さらに男が密着した股間をゆるめ、腰を引き気味にすれば、先端は入口に近く触れ、その去るが如き焦躁感に、女は一段と乱れてくる。

いうまでもなく、男が目標としているのは、かぎりなく女が満ちて果てることである。

はたしてどこまでもちこたえられるのか。当の本人もわからぬまま、懸命に努めるうちに、やがて、低く長く、地の底に浸（し）みこむような声とともに女は行き果てるが、その瞬間、男は必死の形相よろしく、眦（まなじり）を決して耐えている。

いま、ともに果てては、「ずっと、やめないで」といった女王様の命令に背くことになる。それを忘れた瞬間から、男はオスとしての立場と誇りを失い、一片の襤褸となって葬り去られてしまう。

　ともかく一度果てたことを感知して、男は女王様から、お前も自由に放散してもいい、という許しを期待して、忠実な犬のように息をはずませているが、非情な女王は、それごとき奉仕では許しはしない。

　さらなる愉悦を求めて、休む間もなく男に動くことを命じ、一切の抵抗を許されない男は、奴隷のごとき従順さで、再び、自らのものを鼓舞し、叱咤激励する。

　静まり返った雨の朝、男は幸せの絶頂から、気がつくと苦役を課せられた囚人となって、女の快楽に奉仕する。

　しかし「いつまでも、やめないで」と命じられても、男の性の営みが、そうそう長く続くわけはない。

　雨の朝の静寂と密室感が、さらに情熱をかきたてたとはいえ、一時間ほど経ったところで、男はついに刀折れ、矢尽きたように、なお余熱の残る女の軀のなかでひれ伏し、やがてすごすごと引揚げる。

　それでもなお、女は名残り惜しげに戸惑いの声をあげるが、まさしくこのあたりが男の限界である。初めの約束こそ守れなかったが、女は何度か雲の上に飛翔し、満ち足りたはずで、それはそれで評価してもらわなければ困る。

男がそんな期待を抱いて横たわっていると、やがて女が正気づいたように寄り添い、男のものに触れながらつぶやく。

「ゆかなかったでしょう」

男は一瞬ぎくりとするが、肝腎のものを握られていては逃れるすべはない。

「そんなに、いつも……」

結ばれる度に、女の要求を入れて果てていたのでは、男の軀は壊れてしまう。それを壊さず長もちさせるコツをこのごろ久木はいくらかわかってきた。

「欲しいと、いったのに」

「でも、少しずつ……」

たとえはっきり果てなくとも、女がのぼり詰める度に、男の精も徐々に失われていくはずである。

「まだ、夜もあるだろう」

凜子は一旦、納得したようだが、急に真剣な口調で、

「わたしを、色気狂いのように思っているのでしょう」

「いや……」

「わたし、自分でもいやらしいと思うの。でも本当に感じるのだから仕方がない」

そこで凜子は急に思い出したように、久木のものに軽く触れたまま、

「あなたはどうして、そんなに冷静でいられるの」

突然きかれて、久木は軽く腰を引きながら、

「別に冷静ではないよ」

「だって、我慢できるのでしょう」

「これだって、一生懸命頑張って、快くするために……」

「わたしのために……」

「君を一杯よくしてあげたい」

「わたしもよ、あなたを死ぬほど快くしてあげたい」

男と女の快楽の深さが同じか否かはともかく、ともに愛しい人と行為を重ねていたら、互いに悦びが増すことはたしかである。

「あなたがして欲しいことがあったら、なんでもいって」

「いままで最高、これ以上いい女なんていない」

「本当なのね」

凜子がたしかめるが、それは久木が答えるまでもない。正直いって、久木はこれまでセックスを嫌いではなかったが、これほど充実して深く感じたことはなかった。それまでも悪かったわけではないが、それは男が感じる、ごく普通の快感であったような気がする。

それと較べると、凜子を知って、久木の悦びは格段に強く、深くなったし、長く耐えることも覚えた。

その意味ではまさしく久木も、凜子に刺戟され、教えられ、大きく開発されたことになる。

「君を、もう離せない」

「わたしもよ、あなたがいないと生きていけない」

朝の雨のなかに、凜子の声が柔らかく吸いこまれ、それをききながら、久木は軽く目を閉じる。

眠るとも眠らぬともつかぬ状態のまま時を過ごしたあと、二人がベッドを離れたのは午前十時を過ぎていた。

「やっぱり、ここにくると違うわ。なにか凄く感じてしまって……」

鏡の前で髪をかき上げながら、凜子がいう。

たしかに、いつもの渋谷の部屋では馴れ親しみすぎて、やや惰性(だせい)に流れるところもあったが、今朝の情事は、久木にも新鮮で生々(なまなま)しかった。

「やはり、同じことをくり返していては、駄目だわ」

それは情事の場所にかぎらず、男と女の関係にも通じることかもしれない。

「わたしたちは、いつも新鮮でいましょうね」

凜子がいうが、はたしていつまでそういう状態でいられるのか。もしかして二人のあいだにも、惰性という魔ものが、忍びこむのではないか。

「先に、シャワーを浴びていいですか」

そういって凜子が階下のバスルームに下りてからも、久木はなお寝室にとどまって窓を開けてみる。

相変らず雨は降っているが、昨夜よりは小降りになったようである。すでに十一時に近いが、あたりは静まり返り、樹々の葉に降る雨が、さらに苔むした地に吸いこまれていく。

久木はその雨の静寂のなかで、今日、自分が五十五歳になったのを知る。

いまさら祝うほどのことでもない。目出たいといえば目出たいし、目出たくないといえば目出たくもない。それより、はるばると、よくもここまで年を重ねてきたものである。

そこで、久木は一瞬、家のことを思い出す。

もし、凜子とこんなに深くならず、家にとどまっていたら、妻は「おめでとう」と一言い、娘が忘れなければ電話ぐらいくれたかもしれない。

とりとめもなく考えていると、階下から凜子の明るい声がする。

「お食事は、パンでいいですか？」

呼ばれて階下へ行き、シャワーを浴びて食卓につく。

朝食は凜子の手製で、ソーセージを添えたフライドエッグと野菜、それにパンとコーヒーの簡単なもので、それを食べ終ると十二時だった。

凜子は手早く片付けると、水色のプリーツのアンサンブルを着て、出かける準備をする。

出版の現場にいたころは、久木も何度か軽井沢を訪れることがあったが、この数年はまったく来ていない。いま振り返れば、軽井沢は、第一線で仕事をしていたころの思い出の場所でもある。

「どこへ行きますか？」ときかれると、ごく自然に文学にゆかりの場所を思い出す。

「有島武郎の終焉の地、というところがあるらしいんだが」

久木がいうと、凜子が地図を調べてくれる。

「それは、三笠ホテルの近くのようだけど、彼の別荘は塩沢湖のほとりにあるはずよ」

そちらのほうがわかり易いというので、先に行ってみると、湖畔に古い和風の別荘が残されている。案内書によると、「浄月庵」と名付けられていたが、長くつかわれぬまま廃屋同然になっていたのを、地元の有志の手で再生されたあと、こちらに移されたらしい。

いまは湖畔の見晴らしのいい場所にあるが、せっかくだから、当時、この建物があったところまで行ってみたい。

再び地図を頼りに旧軽へ戻り、カラマツ並木の三笠通りを北へすすむ。途中、前田郷の手前を右へ入ると、たちまち鬱蒼と樹木が密集する傾斜地になる。その雨に濡れた小道を分けていくと、雑草の生い茂るなかに、横長の石碑があり、辛(かろ)うじて有島武郎の終焉の地とわかる。

大正十二年、ときの文壇の寵児、有島武郎は、婦人公論の美貌の女性記者、波多野秋子と、この地にあった別荘で心中した。

ときに有島武郎は四十五歳。妻はすでに亡かったが、まだ幼い三人の子供を残し、秋子は三十歳、子供はいなかったが、人妻であった。

二人は縊死(いし)で、ともに並んで首を吊ったが、六月半ばから七月半ばまで、梅雨どきの一ヵ月間、誰にも気づかれなかったので、発見されたとき、二人の遺体は完全に腐乱していた。

発見者は、「全身に蛆(うじ)が生じ、天井から、二本の蛆の滝が流れているようだった」と、告げている。

有島武郎と波多野秋子との心中事件は、当時の文壇のみならず、世間を騒がした華麗なスキャンダルであったが、その実態はかなり凄惨(せいさん)なものであったようである。

発見されたとき、全身が腐乱して蛆だらけであった、という話に、凜子は怯えたようにあたりを見廻し、石碑に掌を合わせる。

たしかに、昼なお暗い木立ちの中で雨にうたれていると、このまま死の世界へ連れ去られそうである。

「今度は、わたしの好きな場所を案内します」

凜子が運転して三笠通りを南へ下り、鹿島ノ森の先の小径へ入ると池が現れる。雲場の池で、さほど大きくないが、奥行きは深そうである。

「ここなら、雨が降っていても風情があるわ」

凜子がいうとおり、深い茂みにつつまれた池は雨に煙って、隠沼（こもりぬ）のような妖しさを漂わせている。

「ねえ、あそこに白鳥がいるでしょう」

凜子が指さす方向に、鴨が数羽浮いているが、そのなかに一羽、白鳥がまぎれこんでいる。

「いつも一羽なのだけど、どうしてここにいるのか、わからないの」

凜子は、番（つが）いでないことを気にしているようだが、白鳥は素知らぬ顔で置物のように浮いている。

「君が心配するほど、淋しくはないのかもしれない」

久木は傘をさし、凜子をなかに入れて、池の畔（ほとり）を奥へすすむ。

雨はやや小降りになったがやみそうもなく、静まり返った池を訪れる人はほとんどいない。

中程まで行ったところで、道が濡れてすすめないので、二人は引き返し、池が見えるレストランに入って、コーヒーを飲む。

「でも、死んでから、一ヵ月も発見されなかったなんて、可哀相だわ」

凛子はまた、武郎と秋子の心中のことを思い出したようである。

「そのあいだ、あんな淋しいところに、死んだままいたのでしょう」

「まさか、別荘に行ったとは、誰も気がつかなかったから」

「いくら二人で一緒でも、首を吊るなんていやだわ」

雨に煙る隠沼を見ながら、凛子がつぶやく。


その夜、久木は凛子と二人で、別荘に近いホテルで夕食をとった。軽井沢でも古くからあるホテルで、二階建ての正面の木枠に区切られた白壁が、まわりの樹々の緑とよく合って、いかにも避暑地のホテルらしい落着きがある。

暮れる少し前、二人はそこのダイニングルームの、庭の見える席に向かい合って坐る。凛子はシルクのサマーセーターに、白のワイドパンツをはいて、やはり避暑地らしい軽やかな服装である。

食事の前に、凛子はまず、「シャンペンを飲みましょう」といって、クリュッグを頼む。

やがてソムリエが二人に、淡い琥珀色の液を注いでくれたところで、凛子は先にシャンペングラスを持ち、久木のグラスに合わせる。

「お誕生日、おめでとう」

久木は一瞬、戸惑い、それから慌てて笑顔でうなずく。

「知っていたの？」

「もちろん、忘れていると思った？」

今朝方、久木は自分の誕生日のことを思い出していたが、凜子がなにもいわなかったので、気がついていないのだと思っていた。

「ありがとう、こういうところで祝ってもらえるとは、思わなかった」

「東京を出るときから、今日だということはわかっていたのよ」

今度は久木のほうから、もう一度グラスをさし出して、お礼の乾杯をする。

「あなたは、なにがいいかわからないけど……」

凜子はそういいながら、ハンドバッグから小さな紙包みをとり出す。

「プレゼントよ」

いわれて包みを開くと、黒いケースが出てきて、なかにホワイトゴールドのリングが入っている。

「気に入らないかもしれないけど、つけていて欲しいの」

久木が左の薬指に嵌めると、測ったようにぴたりと合う。

「あなたの指の太さ、わかっていたのよ。わたしとペアでつくってもらったから」

凜子がいいながら左手をかざすと、やはり薬指に同じ形のリングが嵌められている。

「わたしと一緒に、いつもつけていないと駄目よ」

久木は指輪をするのは初めてで少し照れくさいが、こんな大切な贈りものを外すわけはない。

食事はアラカルトにして、凜子は前菜はリードボーのサラダ仕立てと冷いコンソメにし、メインに紅鱒のムニエルを頼む。久木は鮪のカルパッチョとスープと、小羊の香草焼きにする。

さらにシャンペンを重ねたあと、赤のワインを飲んで、凜子の頬も薄く朱を帯びてくる。

「今夜、バースデーケーキも頼んでおこうかと思ったけど、こんなところではいやでしょう」

他の客もいる前で、そんな派手なことをされてはたまらない。

「こんな年齢になって、五十五本もローソクを消すのは大変だ」

「でも、あなたは若いわ。少しも老けていない」

「それは、あちらのこと？」

久木が声を潜めると、凜子は「いやだ」と首をすくめて、

「それはもちろんだけど、頭も、そこらのおじさま族より、はるかに柔軟だわ」

「君のおかげさ」

「あなたは初め会ったときから、そういうところがあった。あの衣川さんより、ずっと若々

しくて、お茶目で……」

たしかに褒められているとは思うが、若いといわれて、ただ喜んでいるわけにもいかない。

「以前、八十八歳の実業家にインタビューに行ったことがある。そのとき、こんなに年齢をとったのに、気持だけは年齢をとらなくて困ると嘆いていたが、その気持がわかるような気がする」

「いつまでも若々しくては、いけないのですか」

「いけないというわけではないが、気持ばかり若くて、軀がついていけない辛さをいわれたのだろう。それより、年齢相応に心も萎えていったほうが、楽かもしれない」

「それじゃ、なんの用事もない人になってしまうわ」

「実際、いまは会社でも、なんの用事もない男だからね」

久木が少し自虐的にいうと、

「それは向こうが勝手にしたことで、あなたのせいじゃないでしょう。会社の地位なんか関係ないわ」

凜子は励ましてくれるが、男の姿には、会社での地位が微妙に影を落としてくる。むろん久木はそんなことは気にしないつもりだが、それでも徐々に、落魄の気配がでてこないとはかぎらない。

一瞬、訪れた憂鬱さも、ワインを飲むうちに忘れて、再び食欲がでてくる。

久木は、凜子が注文した紅鱒が美味しそうなので、少し分けてもらい、かわりに小羊の一部を凜子の皿に移す。

「二人だと、いろいろなものが食べられてありがたい」

「でも、二人なら、誰でもいいというわけじゃないでしょう」

「もちろん、君とだからさ」

男と女で食べものを分け合えるのは、軀の関係がある証（あか）しである。この食堂のなかにも、そんなふうに二人を見ている人もいるかもしれないが、久木はいまさら隠す気はない。

凜子を知ったころは、電車で鎌倉まで行くのでさえ、まわりの視線が気になったが、いまはそんな不安もなく、見付かるのなら見付かってもいいといった、開き直った気持である。

これも凜子と深くなって一年以上経ち、度胸がすわったせいかと思うが、それだけともいいきれない。むしろ二人で部屋を借りたころから、久木の心のなかで、あきらかに変化が生じてきた。

いまさら、世間的な常識や人目など気にしたところでどうにもならない。それより残り少ない人生を、自分のやりたいようにやって、それが駄目なら死んでもいい。

そんな開き直りというより、決意というか、強靱（きょうじん）な意志のようなものが芽生えてきた。

人間、ひとつ価値観さえ変えれば、どのようにでも生きていける。見方を少し変えただけで、いままで大切と思っていたものがさほどでもなく、つまらぬと思っていたものが貴重に思えてくる。

「そろそろ、会社を辞めようかな」

考えるうちに、日頃思っていたことが、つい口にでる。

突然きかされて、不審そうな表情の凜子に、久木が説明する。

「全部やめて、自由になってみたら、また考え方も変るかもしれない」

「どう、変るの？」

「やっぱり、会社にいるかぎりは、本当に自由になれないような気がする」

久木が会社を辞めたいという気持を、凜子はいまひとつ理解しかねるようである。考えてみると、それは当然で、サラリーマンの生活をしたことがないだけに、想像しづらいのかもしれない。

実際、久木自身にしても、辞めようかな、といっておきながら、その実、はっきりした理由があるわけではない。

強いていうと「ある漠然とした疲れ」とでもいうべきか。

誰でも三十年もサラリーマン生活を続けてくると、それなりの疲れを覚えるが、くわえて最近とくに感じる、仲間との疎外感が、それを一層増幅しているのかもしれない。

「わたしは、あなたが辞めたいのなら、辞めてもいいわ」

　凜子はわからぬながらも、理解を示す。

「でも、変に老けこまないで、いつまでも生き生きとしていて欲しいの」

「それは、わかっている」

「あなたは自信があるのでしょう、一人になってもやっていけるという……」

「自信というわけではないけど、そろそろ自分の好きなことを、自分のためにやってみたいような気がして……」

　はっきりいって、これまでの編集という仕事は常に裏方であった。誰かの書いたものや、そのときどきの記事を陰でまとめるだけで、自分が表に出ることはない、いわば黒子の役だった。

「その気持、わたしもわかるわ」

　たしかに凜子も、これまでの人生は夫の陰にかくれて、一種の裏方ではあった。

「生意気かもしれないけど、わたしもこのままでは、いやだわ」

「別に、生意気ではないよ」

　透明なグラスの中にある赤いワインは、血の色に通じるのか、見ているうちに軀のなかから自ずと勇気が湧いてくる。

「ねえ、二人でなにか、強烈なことをしましょうか」

「強烈……」

「そう、みんなが、あっと驚くような、どうだどうだ、凄いだろう、といえるような」

気がつくと、凜子も手に持ったグラスの中の赤いワインを見ながら、目を輝やかせている。

ともに勇気が出て、赤ワインを飲み干すと九時を少し過ぎていた。

そのあとデザートを終えて席を立ち、フロントへ行くと小降りになっていた雨は上っている。

「少し歩きましょうか」

ホテルから別荘までは、歩いても二十分くらいの距離である。久木はうなずき、傘を持って、凜子と並んで外へ出る。

瞬間、雨上りの夜気が、ワインで火照った頰をかすめて心地いい。

街灯に照らし出された舗道は、黒く濡れていて、夜空にはまだ厚い雲がおおっているのか、月も星も見えない。

ホテルの前の広場を抜けてカラマツの並木の道に出ると、凜子がそっと腕を絡ませてくる。

夜の十時で、盛夏にはまだ少し間があるせいか、あたりは静まり返り、ところどころ思い出したように、深い茂みのあいだから明りが見える。

夏休み前の静寂が気に入って、早めに別荘に来ている人々であろうか。

久木はそれを見ながら、さらに凜子の腕を引き寄せる。

この時間なら、もはや誰に会うこともない。いや、会ったところで、いまさら誰に気がねすることもない。

こつこつと、雨上りの舗道を行く二人の足音だけが、夜空に吸い込まれていく。

やがてカラマツの並木が途切れて、左へ入る小径が見える。その先にも別荘地があるはずだが、いまは彼方に、街灯がひとつ見えるだけである。

その三叉路を過ぎて、再び並木の道を歩きはじめたところで、凜子がつぶやく。

「あの二人、こんな淋しいところで、死んだのですね」

死んだ、という言葉をきいて、久木はすぐ、有島武郎と波多野秋子のことだと知る。

「あんな奥の別荘で……」

凜子は昼間見た、雨に濡れたカラマツ林の傾斜地を思い出しているようである。

「冷たかったでしょうね」

静まり返った夜道を歩くうちに、凜子は次第に、武郎と秋子の、心中事件のことが気がかりになってきたようである。

またひとつ、茂みの彼方に小さな明りが見えたところで、凜子がきく。

「あそこの別荘は、もともと、彼の別荘だったのですか」

久木は昭和史を調べながら、有島武郎の心中に関わる記事を読んだことがあるので、多少は記憶している。

「初めは、お父さんの別荘だったようだが、あとで彼が譲り受けたらしい」

「じゃあ、二人で行ったときは、誰もつかっていなかったのね」

「彼の奥さんは、すでに病気で亡くなっていたし、子供達もまだ小さかったので、彼が行かないときは空いていたようだ」

前方にヘッドライトが見え、その車が近付き、行き過ぎたところで、凜子が再びきく。

「死んだのは、七月の初めでしたか」

「遺体が発見されたのは七月六日だから、その一ヵ月前の六月九日に死んだのかもしれない」

「どうして、その日だと、わかるのですか」

「秋子はその前日の八日まで、会社に出ているし、九日に、軽井沢の駅から二人が別荘に向かって行くところを、見かけた人がいる」

「じゃあ、歩いて行ったのですか」

「車もあったはずだけど、見た人がいるから」

「あそこまで、四、五キロはあるでしょう」

たしかに、それくらいの距離はあるから、歩いて一時間近くかかったのかもしれない。

「それで、別荘に二、三日はいたのかしら」

「そのあたりの詳しいことはわからないけど、死に当って、鴨居に紐を巻きつけ、その下に椅子を置き、二人がそこにぶら下ったところで、椅子を蹴ったらしい」

「いやだ……」

凜子はひしと久木にしがみつき、やがてそろそろと軀を離して、つぶやく。

「でも、凄いエネルギーだわ」

「エネルギー？」

「だって、別荘まで一時間も歩いて、そのあと紐を吊って、椅子を重ねて、自分の首に輪をかける。その全部を、死ぬためにやるのでしょう」

自ら死ぬことは凄いエネルギーを要するという、凜子の意見には、久木も同感である。病気ならともかく、健康で、これといって悪いところはどこもない。そんな軀を自らの手で自ら死に至らしめるためには、余程の集中力と、死への強烈な願望がなければできることではない。

「でも、どうして、二人は死んだのかなあ」

凜子が夜空に向かってつぶやく。

「どうして、死ななければならなかったの」

凜子の声が、夜のカラマツ林に吸われていく。

「別に、死ななければならない理由は、なかったのでしょう」

たしかに、当時、有島武郎は文壇一の売れっ子であったし、波多野秋子は三十歳で、女優にしても恥ずかしくないといわれたほどの、美貌の婦人記者だった。まさに二人は、すべての人が羨むカップルで、男と女としても人生の絶頂期にあったのに、なぜ、ともに死への道を選んだのか。

「二人が普通の人と違うところといったら、ただひとつしかない」

「ただひとつ？」

「そのころ、二人は幸せの頂点にいた」

久木は、武郎が書いた遺書のなかの一節を思い出す。

「彼は遺書に、〝いま、歓喜の絶頂において、死を迎える〟と、はっきり書いている」

瞬間、凛子は足を止め、闇の一点を見詰める。

「幸せだから、死んだというの？」

「遺書からは、そうとしか思えない」

雨が上って風が少し出てきたのか、カラマツの並木のあいだを、夜風が通りすぎていく。

「そうか、幸せだから死んだのか」

凛子が再び歩きはじめる。

「もしかすると、幸せすぎるのが怖かったのかもしれない」

「その気持、わかるわ。たしかに幸せすぎると、その幸せがいつまで続くのか、不安になってくる」

「二人は、それを、いつまでもいつまでも続けたい、と思ったのかもしれない」

「そういうときは、どうすればいいの」

凛子は闇に向かってつぶやき、一人でうなずく。

「死ぬしか、ないのね」


別荘に戻ってからも、二人は軽くブランデーを飲んだが、帰りに歩きながら話していたことが、ともに頭に残っていた。

凛子は、軽く身をかがめて暖炉の火を見ながら、「そうか」とうなずき、「死ぬしかなかったのね」とつぶやく。

久木もとくに、それに反対を唱える気はない。幸せが高じて、それをいつまでも続けたいと願えば願うほど、死ぬよりなくなるという考えは、不気味だが、真実のような気もする。

「そろそろ、休もうか」

これ以上考えると、さらに死の思いにとり憑かれそうなので、久木は先にシャワーを浴び、続いて凛子がバスルームに消えたところで、二階の寝室へ行く。

今朝方、この部屋で雨の音をききながら、長い情事を重ねたが、いまは雨の音もなく、闇の中で静まり返っている。

そのまま明りもつけずに横たわっていると、シルクのガウンを着た凜子が、ドアをあけて入ってくる。入口で少し戸惑ったように立ち止まり、それからベッドの端にそろそろと軀を忍ばせたところで、久木が抱き寄せると、凜子はひしと久木の胸に抱きつき、そのままの姿勢でつぶやく。

「死ぬしかないのね」

それは、先程からいっていたことを、たしかめたようにきこえるが、同時に、自らにいいきかせているようでもある。

「幸せを続けるためには、そうするしかないのでしょう」

「幸せといっても、いろいろあるから」

「あの人達のように、いつも深く愛し合って、絶対に気持が変らないで……」

凜子がそこまで求める気持はわかるが、永遠に変らぬなどと誓うのは、むしろ偽善のような気もする。

「いつまでもいつまでも、二人が同じ気持でいる、ということは無理なの?」

「無理というわけではないが、生きているといろいろなことがおきるから、絶対といいきるのは、難しいかもしれない」

「じゃあ、駄目だということでしょう。生きているかぎりは、無理だということでしょう」

凜子の声が、夜の闇のなかに沁みていく。

ふと、遠くで鳥の啼くような声がする。この深夜、起きている鳥がいるのだろうか、それとも他の生きものなのか。久木が声の行方を追っていると、凜子がつぶやく。

「あの人の気持が、わかるわ」

「あの人？」

久木がきき返すと、凜子はゆっくりと仰向けになって、

「定という人が、彼を殺したでしょう」

阿部定が吉蔵という男を殺したことは、前に修善寺の宿へ行ったときに話していた。

「あのとき、定さんは、愛しい人を誰にも渡したくなくて、殺したといったけど、あのまま生きていたのでは、彼はまた奥さんのところへ帰ってしまう。いま、深く愛し合っている、その幸せを離したくないと思ったら、殺すよりなかったのでしょう」

「たしかに、殺せばそれで命は終るけど、それ以上、裏切ることはない」

「人を愛して、愛が高じていくと、殺すことになるのね」

久木には、凜子の気持が痛いほどわかる。

一人の男が、一人の女を好きで好きで、もの狂おしいほど好きになったら、殺すよりなくなる。そのまま生かしておいたのでは、女はいつ、どこで、他の男を好きになり、身を任せないともかぎらない。そんなふしだらを許さず、永遠に自分のものとして留めておくためには、殺すのが最善である。同様に女も、愛する男を自分一人だけのものにするためには、そ

の男を殺し、この世から抹殺するよりない。

「愛するということは、怖いことだわ」

凛子はようやく、そのことに気がつきはじめたようである。

「相手を好きになると、独占したくなる。でも、完全に独占するためには、同棲したり、結婚するくらいでは難しいでしょう」

「それくらいでは、裏切ろうと思えば裏切れる。それもなにもできなくするためには、殺すよりなくなるのかもしれない」

「愛して愛して、愛していくと、その先は破壊しかないのね」

凛子はいま初めて、愛という心地よい言葉が、その実、きわめてエゴイスティックで、破壊や破滅といった、強烈な毒を秘めていることを知ったようである。

愛から死まで、さまざまな話をしているうちに、久木は妙に目が冴えてきたが、それは凛子も同じらしい。再びこちら向きになり、久木の胸元に指を当てたままきく。

「あなたは、いつまでも変らない？」

「もちろん」

「いつまでも、わたしを愛して、いつまでもわたしだけが好きで、絶対、他の女の人を好きになったり、しない？」

再び、「もちろん」といおうとした瞬間、凛子の細い二本の指が喉仏を圧してくる。

一瞬、息が詰まって噎せると、闇の中で凜子の目が睨んでいる。

「嘘でしょう。いつまでもいつまでも、わたしを愛するなんて、嘘でしょう」

「いや、嘘ではない」

久木が、突かれた喉のあたりを撫ぜながらいうと、凜子が即座に首を横に振る。

「さっき、そんなことは難しい、無理だといったでしょう」

たしかに、未来永劫までということになると、久木も自信がなくなる。

「それでは、君はどうなのだ」

今度は、久木が少し軀を沈めて、凜子の左の鎖骨の上に指をのせる。首が細く、首筋がほどよく引き締っている女性は、鎖骨の上に小さな窪みができる。丁度、人さし指の先が沈むほどの深さだが、裸のときは、その窪みが妙に艶めかしい。

「君は、いつまでも変らない？」

久木が、窪みに指を添えながらきく。

「もちろん、変らないわ」

「絶対に、どんなことがあっても？」

「あなただけよ、絶対に」

今度は久木が、鎖骨の上の窪みをおすと、凜子が小さな悲鳴をあげる。

「痛いわ」

「絶対なんていわないほうがいい。君だって、いつ変るかしれない」

「そんなの非道いわ。それじゃあ、信用できないということじゃないの」

「生きているかぎり、永遠に変らないなんて、断定できない」

「じゃあ、わたしたちも死ぬよりないわ。いま、一番幸せなときに、死ぬよりないでしょう」

凜子は性急にいうと、そのまま黙り込む。

周りは物音ひとつしない。深い茂みに囲まれた別荘地の夜である。

だが闇の中にも白さがあるように、静寂の中にも音が潜んでいるらしい。それは夜空の雲が動いたり、庭の樹の葉が地に落ちたり、部屋の材質がゆっくりと腐蝕したり、そんなもろもろの動きが重なり合い、かすかな音となってきこえてくるのかもしれない。

久木がその、静寂の中の音に耳を傾けていると、凜子が軽く身をよじらせてきく。

「なにを考えているの？」

「別に、なにも……」

そのまま短い沈黙があって、凜子がつぶやく。

「でも、いやだわ」

久木が振り返ると、再び凜子がつぶやく。

「あんな死にかたは、いやだわ」

凜子はまた、武郎と秋子と、二人の死体が発見されたとき、鴨居から蛆が二本の滝のように流れていた、ということを思い出したようである。

「どんなに幸せの絶頂でも、あの死にかたはひどすぎる。あんな姿で見付かったのでは、痛ましすぎて……」

「遺書には、〝どうぞ探さずにおいて下さい〟と、書いてあった」

「探さないで、といっても、いつかはわかることでしょう。どうせ発見されるなら、もう少しきれいな形で死にたいわ」

それは理想だが、所詮、あとに残された人々の願いにすぎない。

「死ぬ人は、そこまでは考えないかもしれない」

「でも、わたしはいやよ、絶対にいやよ」

気持が高ぶってきたのか、凜子はシーツから軽く身をのりだして、

「わたしは死ぬのはかまわない。あなたと一緒なら、いつでも死ねる。でもあんな死にかたはいやなの」

「しかし、発見が遅れたら、誰でも腐ってしまう」

「腐っても、蛆になることはないでしょう。せめてその前に、二人一緒にいるところを、見付けてもらわなくては。そうでしょう」

正直いって、久木はこれまで、自分が死ぬ姿はもちろん、死ぬことさえ考えたことはな

い。

この世に生をうけた以上、いずれ死ぬことはわかっていても、まだそこまで突き詰めて考えたくなかったし、考えること自体が怖くもあった。

だがどういうわけか、凜子と話していると、これまで抱いていた生への執着が次第に薄れ、死がさほど怖いと思えず、むしろ身近なものに思えてくる。

この安らぎはなにからくるのか。そしてなぜ凜子といると、死がさほど怖くなくなるのか。

久木はゆっくりと凜子のガウンから下着まで脱がせ、一糸まとわぬ裸になったところで強く抱き締める。

いま、久木の胸と腹と股間は、凜子のそれと密着し、互いの両手は背と首に廻され、両肢はしかと絡み合っている。二人の肌と肌は、一分の隙もないほど密着し、毛穴のひとつひとつまで重なり合うほどに馴染み合っている。

「気持がいい……」

それは、久木の全身の皮膚からでた溜息であり、悦びである。

その沸々と、軀の内側から湧きおこるような快感に浸りながら、久木は改めて肌と肌と触れ合う感触が、心の安らぎとともに、ある諦観を生みだしていることに気がつく。

この女体の、すべすべとして柔らかく、ふくよかで温かい感触に浸っているかぎり、意識を失うことも死ぬことも、さほど怖くないかもしれない。

「そうか……」

　久木は、凜子の柔らかい肌に向かってつぶやく。

「こうしてなら、死ねるかもしれない」

「こうして？」

「しっかり抱き合ったまま……」

　女の肌につつまれると、男はかぎりなくおだやかに、そして従順になる。そのまま、いつか母に抱かれている少年になり、胎児になり、その先は精液の一滴となって消えていく。

「いまなら、怖くない」

「わたしも、あなたと一緒なら、怖くないわ」

　凜子がいうのにうなずきながら、久木はふとこのまま、甘く気怠い死の世界に連れ去られていくような不安にとらわれる。

　死の話から気持をそらすように、久木は再び凜子を抱き締める。凜子は強く抱き締められて胸が苦しかったのか、やがて腕の中から軀を退くと、大きく息をつく。

　そのまま、抱いているともいないともつかぬ状態で、互いの胸とお腹と肢の一部を触れたまま、久木は目を閉じる。

「静かだ……」

話が途切れ、いま改めて夜の静寂に身をおくと、闇は思った以上に濃く、深い。

「軽井沢に来て、よかった。なにか、気持が洗われたような気がする」

梅雨の軽井沢を敬遠する人は多いが、久木はむしろこの季節の軽井沢が気に入っている。夏休みの前で、人影がまばらなうえに、雨に濡れた緑につつまれた静寂は、都会の生活に疲れた心をうるおしてくれる。鬱陶しいと思った雨も夏の暑さを癒やす樹々を繁らせ、木立ちのあいだをうずめる苔を育てていることがわかる。

もっとも、降り続く雨は、ときに人々の気持を萎えさせ、思いを内面へ向かわせることになりがちである。

凜子が、武郎と秋子の終焉の地を見てから、死のイメージにとり憑かれ、さまざまな死について語りだしたのも、厚い雲と長雨のせいといえなくもない。

「じゃあこのまま、ここにいましょうか」

凜子にいわれて、久木の脳裏にゆっくりと、東京の街と会社での生活が甦える。

「そんなわけにも、いかないけど……」

もう数日、このまま雨の軽井沢に二人でいると、会社に出る気も失せそうである。

「夏は人で混むから、秋にきたいわ」

凜子はそういうと、再び久木にすがりつく。その柔らかい胸のふくらみに触れるうちに、久木は凜子を欲しくなる。

死を考えすぎたあとには、圧倒的に生の証(あか)しを得たくなる。セックスという快楽とともに、すべての精気をつかいきる行為に狂奔すれば、死への不安も失せて、いま生きている実感だけが輝き出すに違いない。

静まり返った夜、二人はそんな麻薬が欲しくて、樹々につつまれた家で、ひたすら獣のように求め合う。

# 空蝉（うつせみ）

俗に「梅雨明け十日」という言葉がある。梅雨が明けた直後十日間、一気に猛暑が訪れ、快晴の日が続く。暦の上からいうと、七月下旬で、桐始結花（きりはじめてはなをむすぶ）から土潤溽暑（つちうるおいてじょくしょす）へいたる、いわゆる大暑の季節である。

このとき、アスファルトで固められた東京は早朝から太陽が輝き、日中の気温はゆうに三十度を越え、深夜にいたっても二十五度を下ることはない。

いままで、梅雨の鬱陶しさを嘆いていた人々は、突然訪れた真夏の陽光に戸惑い、暑さに喘ぎ、滴る汗を拭きながら、萎れた花のようにうつ向き加減になる。

同じ夏といっても、梅雨と大暑と、これほど違う季節がふたつあるのも、不思議といえば不思議で、それに応じて人々の気持がからりと変るのも無理はない。

当然のことながら、梅雨のときは降り続く雨と曇天に気持も湿りがちになるが、梅雨が明けて太陽が輝きはじめた瞬間、それまでの鬱陶しさをかなぐり捨てて一気に明るく活動的になる。

もっとも、それほどはっきり気持や行動が変るのは、子供から若い人達だけで、大人たちは真夏の太陽が現れたからといって、そうそう変るわけでもない。

多くのサラリーマンは半袖のワイシャツに替えて背広を片手に持ち、ハンカチで額の汗を拭きながら、満員電車に揺られて会社へ向かう。

すでに午前中から温度計は三十度を越え、駅の地下街へ続く階段の隅にも、ビルの屋上から垂れ下った広告幕にも、前を行くノースリーブの女の肩にも、暑さがたしかな位置を占めている。

久木が会社の役員室に呼ばれて、常務で担当役員の小畑から一通の手紙を見せられたのは、そんな暑い一日が終りかけた、午後のひとときだった。

「実は、こういうものが、突然、舞いこんできてね」

机の上に放り出された封書を、久木が手にすると、数枚の用箋の冒頭に、太めのワープロで、次のように記されている。

「久木祥一郎に関する身上書」

これはいったいなになのか。

身上とは、身の上のことだから、久木の一身に関わる報告書、とでもいう意味なのか。

それにしても、なぜいま、自分の身の上について書かれねばならないのか。不思議に思ってなかを開くと、まず「この二年間の罪状」という文字がとびこんでくる。

久木は一瞬、息をのみ、それから一気に読みはじめる。

「貴社元出版部長久木祥一郎は、一昨年末、東日カルチャーセンター臨時講師を依頼された機会を利用して、当時、同センター書道講師であった松原凜子に強引に接近し、人妻であるのを知りながら、家に何度も電話をかけ、言葉巧みに誘惑した」

読むうちに、久木の心臓が高鳴り、掌が汗ばんでくる。

いったい、誰がこんなことを書いたのか。これはあきらかに、なにものかが意図的に書いた中傷記事である。

久木が慌てて目を上げると、小畑常務は机の前の椅子に坐ったまま、素知らぬふりで煙草を喫っている。

怖いもの見たさで、久木は再び文面を追う。

「昨年正月以降、当人はしきりに彼女を外へ呼び出して密会を重ね、ついに同年四月、都内のホテルに誘い込んだうえ、強引に関係を迫り、淫行におよんだ」

そこまで読んで、久木は思わず拳を握りしめる。

こんな破廉恥な文章は読むに忍びない。できることならこの場で切り裂いて、燃やしてやりたいが、目の前に常務がいるし、その先の内容が気がかりでもある。

「その後、当人は、相手が初心な人妻であることを利用して、会うのを拒否すると、夫へ密告すると脅かしたうえ、いやがる相手にさまざまな性的関係を強要した。さらに本年四月には、赤い襦袢まで着せて変態的な行為におよび、さまざまな写真を撮ったうえ、自宅に帰れぬよう軟禁した」

ここまでくれば、もはや中傷というより、あきらかに脅迫である。どこの誰が書いたかはともかく、自分に相当の憎しみか恨みをもつものが書いた、卑怯きわまる挑戦状である。

久木は全身が震えるほどの怒りと、薄気味悪さにとらわれながら読み続ける。

身上書はさらに、久木が、人妻をたぶらかして同棲を迫り、現在、都内のマンションの一室を借りて、夫婦気取りで住んでいることを告げたあと、おかげで妻側の家庭は崩壊し、誠実な夫は多大な精神的肉体的被害を受けている、と記してある。

そして最後に、「このような理不尽きわまる男を要職に就かせ、仕事をまかせている貴社の経営態度は疑問であり、その責任の所在を明確にするよう要求する」という言葉で結んでいる。

読み終えて、久木が手紙から目を離すと、待っていたように常務が机の前から移ってきて、向かいの席に坐る。

久木はそれを見届けて、まず頭を垂れる。

「申し訳ありません」

とやかくいっても、こういう手紙が会社に舞い込み、役員の目に触れたことは、久木の不徳のいたすところである。内容についてはともかく、つまらぬことで常務の気持をわずらわしたことを、まず詫びておかねばならない。

「突然、僕あてに送られてきたものだからね」

常務は、初めに手紙を開いたことについて弁解しているようだが、たしかに封書の表には、「調査室担当役員殿」と記されている。

「もちろん、僕はこの手紙の内容を、このまま信用しているわけではない」

常務は再び、煙草に火をつけてから、

「誰か、君に個人的な恨みでも抱いている者の、仕業だと思うが……」

たしかに久木本人でなく、会社の、しかも担当役員に送りつけてくるところが意味あり気である。

「誰か、心当りでもあるのかね」

きかれて、久木は身近な顔を思い出す。

まず凜子とのことを、はっきり知っているのは、衣川一人だが、彼がこんなことをするとは思えない。他に調査室の仲間が薄々知っているかもしれないが、これほど詳しく知っているわけはないし、すでに左遷されている者を、追い落としたところであまり意味はない。

「いないわけでは、ありませんが……」

凜子とのあいだをこれだけ深く知っていて、中傷してくるのは二人しかいない。

妻か、凜子の夫か……。

久木が考えこんでいると、常務がつぶやく。

「僕自身はつまらぬことだと思うが、会社に送られてきた以上、完全に無視するわけにもいかなくてね」

それはどういう意味なのか。久木が思わず顔を上げると、常務は軽く目をそらして、

「むろん、これは君個人のプライベートな問題だから、こちらがタッチすべきことではないんだが、会社の態度を問うなどと、うるさいことをいってくるものだから……」

「それで、なにか？」

「この内容について、君がどう思っているのか、まず、それをきいておきたいと思ってね」

「もちろん……」

久木は一言いってから、頭の中を整理する。

いま、この手紙の内容がきわめて卑劣で、実際以上に大袈裟に、かつ悪意に満ちて書かれていることは間違いない。そのことは凜子とともにでも、きっぱりと否定することができる。

だが、こうした事実があったのか否か、ということになると、説明が難しくなる。この手紙にあるように、嫌がる相手を強引に、などというところはすべて嘘だが、凜子という人妻

と親しくなったことは、まぎれもない事実である。

「まったく一方的に、わたしを悪者にするために、ことさら大袈裟に、嫌らしく書いているように思いますが」

「大体、こういうのは、相手を困らせたり、追い落とすためにやるわけだから、それは君のいうとおりかもしれない」

「強要したとか、軟禁した、などということも、絶対にありません」

「それはわかる。君がそんなことをするほど、勇気があるとは思えないからね」

常務は皮肉っぽい笑いを洩らしてから、

「しかし、こういう女性と親しくなったことは、たしかなのだね」

咄嗟に、久木が肯きかねていると、常務は喫いかけの煙草をもみ消して、

「実は、こんな手紙が舞いこんできたので、内々に会社の者にもきいてみたんだが」

「わたしのことをですか？」

「むろん、手紙の詳しい内容はいっていないが。そうしたら、君はやっぱり家を出て、その人と同棲しているような話だったけど……」

調査室の鈴木か誰かが、常務にきかれて、それらしいことを洩らしたのであろうか。

「そうなんだね」

たしかめられて、久木は口を閉ざす。

ひとつの事実も、人によって受けとりかたもさまざまである。

久木と凜子と、二人の愛は、このまま死んでも悔いはないと思うほど強く、これだけは、神といえども邪魔することのできない純粋な愛だ、と思いこんでいた。

だがひとつ見方を変えたら、それは単なる不倫で、世間の常識から外れた不道徳きわまりない行為、と決めつけられてしまう。くわえて誘惑とか淫行、変態など、卑劣で誇大な言葉を重ねると、いっそう嫌らしく、不潔な印象になってしまう。

その点では、これまでの二人は、自分達の立場だけ考えて、一般の人々の見方を無視しすぎていたのかもしれない。

久木が反省していると、常務は苦笑して、

「しかし、君はもてるんだな」

「いえ、別に……」

「羨ましい、わたしも一度でいいから、こんな手紙を貰ってみたいものだ」

常務は笑っているが、その表情のなかには、軽い嫉妬と揶揄も潜んでいるようである。

「ともかく、この手紙は、返しておこう」

常務はそういって封筒をさし出し、久木がそれをポケットにおさめるのを見届けてから、急に改まった口調で、

「ところで、これは今回のこととはなんの関係もないんだが、共栄社のほうに行ってもらえ

ないかと思ってね」

一瞬、久木はその真意がわからず、きき返す。

「共栄社って……」

「九月からでいいんだが、そちらのほうにね」

共栄社というのは、本社の商品管理とか流通部門をあつかう子会社である。

「わたしが、そこへ行くのですか？」

再び念をおすと、常務はゆっくりとうなずいて、

「急で驚いたろうが、君が手がけていた昭和史の刊行が、ちょっと難しくなったものだから」

「それ、本当ですか」

「その仕事がなくなると、君も少し手が空くかと思ってね」

常務の話は、まさに寝耳に水で、予想だにしなかったことである。

久木は自らの気持を静めるように、一旦、夏雲の浮かぶ窓へ視線を移してから、改めて常務に向き直る。

「その、昭和史の企画が難しくなったというのは、どういうわけでしょう」

「もちろん、社としてはやる気で、君がつくってくれた出版計画も、一応、検討してみたんだが、こういう時勢だからね。どれくらい販売できるのか、文々社でも苦戦しているような

ので、見合わせたほうがいいのではないかという意見が大勢を占めた」

たしかに、いまのような活字離れの時代に、二十巻をこす全集を出すのは冒険ではあるが、久木が企画したのは、人物中心に昭和を回顧するもので、他社のものとは内容もかなり違う。

「中止というのは、完全に決まったのですか」

「残念ながら、この前の役員会で、そういうことになってね。僕個人は、なんとか残したいと思ったんだが……」

常務は残念そうな口ぶりだが、はたしてどれだけ頑張ってくれたのか。話をきくうちに、久木は次第に憤りを覚えてくる。

「その共栄社に行くのは、昭和史の企画が没になったから、ということですか」

「いや、それだけというわけでもないが、君もこのあたりで、流通のほうを見ておくのも、悪くはないんじゃないかと思ってね」

「それはわかっていますが、これまで編集のほうばかりで、そちらのほうは、まったくやったことがないものですから」

「しかし、これからはなんでも覚えておいたほうがいい」

常務はもっともらしいことをいうが、どうして久木一人だけ、縁もゆかりもない部署へ移らねばならないのか。

「それはやはり、この手紙のせいでしょうか」

「それは違う。うちの社は、そんな個人的なことで、どうこうするようなことはない」

常務は否定するが、それだけで素直に信じる気にはなれない。

「とにかく、少し考えさせて下さい」

久木はそれだけいって、常務の部屋を辞して、調査室に戻る。

不思議なことに、部屋には鈴木以下、全員が揃っていて、久木が戻ってくるのを、待っていたようである。

その妙に静まりかえった雰囲気に逆らうように、久木はことさらに明るい調子でいう。

「みなさんと、お別れすることになりました」

瞬間、村松と横山が振り返ったが、室長格の鈴木はきこえなかったように目を伏せている。

久木はそのまま真っ直ぐ、鈴木の前に行って一礼する。

「いま、常務のところに呼ばれて、九月から共栄社へ行くようにいわれました」

鈴木はゆっくりと顔を上げるが、目はそむけたままである。

「理由は、昭和史の企画が中断することに、役員会で決まったから、ということのようでしたが……」

久木は、みなの視線が自分に向けられているのを感じながら、静かに尋ねる。

「鈴木さんも、ご存知だったのでしょう」

「いや……」

鈴木は一旦、首を横に振ってから、申し訳なさそうに、

「もしかして、企画が中止になるかもしれないとはきいていたんだが、こんなに早くなるとはね。とにかく、役員が決めたことだから……」

久木は思いきって、ポケットから封筒をとり出して、鈴木の前におく。

「こんな妙な手紙が、会社に届いたようで」

鈴木はちらと見ただけで、再び視線をそらす。

「お恥ずかしい話ですが、個人的なことでも、いろいろご迷惑をおかけしたようで」

「いや、僕はそれは知りません」

たしかに、鈴木は直接見ていないのかもしれないが、調査室の責任者として、いろいろきかれて、答えたことはたしかなのだろう。

「こんな形で、女性との問題を暴露されて、今度の異動は、そのせいかも知れません」

そんなことは、いうまでもないと思いながら、いわなければいまの気持は納まらない。

その日、久木は会社が終ると、真っ直ぐ渋谷へ戻った。

本来なら、予想だにしない人事異動をいい渡された直後だけに、親しい仲間と酒でも飲み

ながら、怒りをぶちまけるとともに、今後のことについて相談したい気分である。

だが、いま久木には心を割って話せる友人はいない。単純に親しいといえば、調査室の仲間だが、鈴木は常務と通じ合っていたようだし、村松や横山とも、このところ少し疎遠になっていた。こういうことは、同期入社の仲間のほうが話し易いが、いずれも営業か総務で、編集にはいない。こうなると、水口が亡くなったのが大きく、彼がいてくれたら、もう少し事情が変っていたかとも思うが、いまさら悔いたところで仕方がない。

いずれにせよ久木自身の女性問題が絡んでいるだけに、男友達にも話しづらく、結局最後に本心から話し合えるのは、凜子一人しかいない。

久木が部屋に戻ると、凜子は、夕食の仕度をはじめるところだったが、いつもより早い帰りに驚いたようである。

「いま、急いで準備をします」というのを抑えて、久木はまず手紙をとり出す。

「今日、常務からこれを見せられてね」

凜子は不思議そうに立ったまま手紙を読みはじめたが、すぐ呆きれたように、

「なあに、これ……」

「とにかく、読んでくれ」

さらに凜子は読み続けるが、次第に顔が硬張(こわば)っていくのがわかる。

やがて読み終るや、少し蒼ざめた顔で吐き捨てるようにいう。

「ひどいわ……」

　そのまま久木に向き直って、

「こんなこと、誰が書いたの」

「誰だと思う？」

「あなたに、恨みを抱いている人でしょう」

　凜子はそういってから、宙の一点を見詰めて、

「まさか、あの人なの……」

　どうやら凜子も、頭に思い浮かべたのは同じ人物のようである。

「あの、うちの……」

「主人」とまではいわないが、それだけで、久木には充分わかる。

「あと、もう一人、いないわけではないけど」

「あなたの？」

　やはり、「奥さま」とはいわずに、凜子は遠くを見る眼差（まなざ）しになるが、すぐ、

「でも、違うかしら……」

　たしかに妻も、久木を恨んではいると思うが、実際は、恨むというより、むしろ呆きれ果てて、向こうのほうから離婚を望んでいる。そんな妻が、いまさら、夫と他の女性とのことを、会社に密告したところで、なんの得になるわけでもない。

しかし、凜子の夫はいまもなお凜子に執着しているようだし、それだけに妻を奪った久木に、強い怒りと憎しみを抱いているに違いない。

「君がカルチャーセンターに行っていたこととか、親しくなったきっかけなぞ、なかなか詳しいし、赤い襦袢というのも、彼しか知らないはずだ」

「あなたが写真を撮ったなんて、それはあの人がやったことなのに」

「書き方や内容からいっても、やっぱり、彼が送ったのかと思うけど」

凜子は両手で手紙を握りしめたまま、

「でも、ひどいわ、こんなの卑怯よ」

「せめて、こちらに送ってくれたらよかったのに」

「あなたを困らせるためよ、ずるい、絶対許せないわ」

どういうわけか、凜子が怒りをあらわにすればするほど、久木の気持は醒めてくる。

いままでは怒る人がいなかったので、久木一人が怒っていたが、いま凜子が怒ってくれると、久木は少し安堵して、凜子の夫の気持を考える余裕も生まれてくる。

「わたし、彼にきいてみる。なんといっても、絶対に許さない」

いまにも、電話にとびつきそうな凜子を、久木は手で制する。

「待ちなさい……」

いまさら凜子の夫になにをいったところで、ここまできては、もはや手遅れである。

久木は、気持が高ぶっている凜子を一旦ソファーに坐らせてから話す。

「今日、子会社に行くようにいわれた」

「あなたが？」

「会社の、商品管理や流通をあつかっている、共栄社というところだが」

「どうしてそんなところに行くの。いま、別の仕事をしているのでしょう」

「いままでやっていた昭和史の企画が中止になったので、余ったから行ってくれ、ということらしい」

「そんなの、向こうの勝手でしょう。そこに行って、どうなるの？」

「まったくやったことがない仕事だから、行ってみなければわからないが、大変かもしれない」

「じゃあ、行くことないわ」

凜子は久木の顔を覗きこむようにして、

「あなたは行きたくないのでしょう、いやなのでしょう」

「もちろん……」

「それなら、はっきり断わるべきよ」

凜子は簡単にいうが、サラリーマンの立場で、上が決めた人事を拒否することはほとんど不可能に近い。

「断われないの?」

凜子はそこで手紙に目を落して、

「まさか、この手紙のせいじゃないのでしょうね」

「違う、とはいわれたけど……」

「でも、そうなの、これのせいなの?」

「はっきりしないが、影響はしているような気はする」

「ひどいわ、そんなのひどい」

凜子は今度は、久木の両手をとって揺さぶりながら、

「それじゃ、あの人の思惑どおりじゃない。向こうの計画どおりにやられて、あなた一人が犠牲になって、それでいいの……」

むろん納得しているわけではないが、といってどうすればいいのか。考えあぐねていると、凜子がきっぱりという。

「絶対、断わるべきよ。駄目だったら、辞めたっていいじゃない」

久木は正面から凜子を見詰めて、きき返す。

「本当にいいのか……」

考えてみると、会社を辞めようという思いは、今日、常務から子会社に行くようにいわれたときから、久木の気持のなかに潜んでいた。

いや、それより前、調査室に廻されたときから、その思いは芽生えていて、凜子と別れがたくなるにつれて、強まっていたことはたしかである。

それがいま凜子にきっぱりと、辞めてもいいではないか、といわれて、一気に現実のものとなってきた。

「辞めようか……」

凜子の一言は、これまで久木の心の中でくすぶり続けていた思いに、火を点けたようである。

「会社、本当に辞めるよ」

久木は一旦そういってから、さらに凜子にたしかめる。

「辞めて、いいだろう」

「もちろん、わたしは賛成よ」

うなずきながら、久木はどこかで、凜子が「辞めないで」ということを期待してもいた。

いま、久木はまさしく九〇パーセント、辞める気でいるが、最後の一〇パーセントは、なお迷っている。そんなときに、凜子が「辞めないで」といってくれたら、かえって反発して、「辞める」といい張ることができそうである。

「このままいても、ろくなことはない」

「弁解しても、駄目なのでしょう」

「どういうように？」

「わたしが、その常務さんに会って、事情を説明しても……」

「いや、駄目だ」

そんなことをしたら、かえって凜子と深い関係にあることを、公言するようなものである。

「会社というところは、一度こういうことがあると、二度と浮かばれない」

「ごめんなさい……」

突然、凜子が深々と頭を垂れる。

「わたしのために、こんなことになって」

「違う……」

いまさら、誰が悪い、といったところで仕方がない。それより、もし悪くなった原因があるとしたら、それは二人が深く愛しすぎた、そのことしかない。

会社を辞めると決めてからも、久木の気持はなお揺れていた。

たしかに今回のことで会社に愛想がつき、もはや行く気も失せてはいたが、サラリーマンが三十年近く通っていた会社を辞めるには、それなりの感慨もある。とくに定年で辞めるのならともかく、五十半ばを前に、なお数年の余裕を残して辞めるのは、なにか惜しいような、もったいないような気がしないでもない。

七月のあいだ、久木はそんな揺れる気持のまま、はっきり辞めると意思表示をせずに過したが、その裏には、辞めることならいつでもできる、と思っていたからでもある。

だが八月に入って子会社に行く日が迫り、担当者から具体的な条件をきくうちに、久木の気持はさらに落ちこんできた。

初め共栄社に行くようにいわれたとき、久木は本社から出向という形で行くのだと思っていたが、よくきくと完全に向こうの社員になったうえ、給料もいまの七割くらいに下がるらしい。

そこまで冷遇されて、なお綿々と会社にすがりつかねばならないのか。

気持の上では、完全に辞めるほうに傾いていながら、いまひとつ、きっぱりと踏みきれなかったのは、やはり今後の生活のことが気になるからである。

これまで、久木は月に百万近い収入があり、その半分を妻に送っていたが、会社を辞めた途端、無収入になってしまう。もちろん、辞めるときにはそれなりの退職金は出るが、それも一時的なもので、いずれは消えてしまう。

こんな状態で、はたしてこれから凜子と二人で生活していけるのか。

あれこれ考えるうちに、辞める勇気も失せてくるが、それを察したように凜子がきく。

「お金のこと、心配しているのでしょう」

図星をさされていい淀んでいると、凛子が明るくいう。

「そのことなら、わたしも少し貯えがあるから、心配しないで」

去年の暮、凛子の父が亡くなったときに、多少の遺産でももらったのであろうか。

「辞めたら辞めたで、どうにかなるわよ」

ここでも、凛子のほうがはるかに強く、大胆である。

凛子に引きずられたというわけではないが、凛子の言葉が支えになったことはたしかである。

八月の初め、みなが夏休みをとりはじめる直前に、久木は思い切って常務の部屋へ行き、会社を辞めることを告げた。

「それは、どういうわけかね」

常務は一瞬、信じられないといった顔をしたが、その驚いた表情を見ただけで、久木はいままでの溜飲(りゅういん)が下るような気がした。

「これ以上、会社にご迷惑をかけても、悪いような気がしますので」

久木がことさらに丁重ないい方をすると、常務は慌てて、

「別に、そんなことはない。君のような有能な人物が向こうに行って、商品管理や流通に、新しいアイデアを出してもらえるといいと思っていたのだが」

「お言葉ですが、わたしは編集しかできない男ですから。向こうに行っても、足手まといに

なるだけだと思います」

「君、そんなに自分を見くびるものではないよ」

「いえ、見くびられたのは、私のほうですから」

瞬間、常務は目を見張るが、久木はかまわず、

「長いあいだ、いろいろお世話になりました」

「しかし君、そんなに決めつけず、もう少し落ちついて、考え直してみたらどうなのだ」

「もう、充分考えた結果ですから、なんといわれても、辞めさせてもらいます」

久木は、自分がかなり興奮していると思ったが、ここまできてはもはや退くわけにいかない。

そのまま立上り、一礼すると、呆気(あっけ)にとられている常務を尻目に、部屋を出る。

廊下で一人になって、久木は大きく息をつく。

これまでの長いサラリーマン生活のなかで、常務に啖呵(たんか)をきったのは、これが最初で、おそらく最後であろう。

久木はいま、その爽快感に酔いながら、心のどこかで、取り返しのつかぬことをしたという思いもある。

「まあ、いい……」

自らにいいきかすと、いま一度役員室を振り返ってから廊下の先のエレベーターに向か

う。

久木が会社に辞表を出すとともに、凜子の身のまわりにも、大きな変化が生じていた。

まず、久木の会社へきた手紙について、凜子は、自分の夫に問い質したが、結果ははっきりしなかったようである。

むろん、凜子は電話で厳しく問い詰めたようだが、凜子の夫は、「知らない」の一点張りらしい。

「あんなにはっきりしているのに、平気でしらをきり続けるのよ」

凜子は怒り心頭、という感じだが、考えてみると、たしかに彼が書いたという証拠はない。動機からみても、内容からみても、彼がやったことはたしかだが、文字がワープロになっているので、字体から決めつけるわけにもいかない。むろん、つかわれている便箋や封筒まで追跡すれば、わかってくるのかもしれないが、刑事事件でもないのに、そこまでするのは大袈裟すぎる。

それ以上に、久木がいまひとつ追及する気になれないのは、たとえ彼が犯人だとしても、すでに会社を辞めると決めた事実は変えようもないからである。

「まあ、いいよ」

いまは、久木は宥め役に廻るが、凜子の怒りはおさまりそうもない。

「まさか、あんな卑劣な人とは思わなかったわ」

凜子が夫をけなせばけなすほど、久木はむしろ醒めてきて、彼の気持もわかるような気がしてくる。

たしかに、手紙を送りつけたことは卑劣だが、妻を奪ったうえ、同棲までして家に帰そうとしない。そんな男を恨み、会社から抹殺しようと思ったとしても無理はない。

「もう今度こそ、わたしは決心がついたわ」

凜子はきっぱりといいきる。

「あの人と、離婚するわ」

「しかし、彼は離婚に応じないのだろう」

「応じなくてもかまわない。わたしのほうから離婚届けを送りつけてやる」

「でも、それだけでは……」

「役所で、認めてくれなくてもいいの。とにかく、わたしは別れるということをはっきり示したいの」

いつものことだが、凜子の決断は早く、その理由も明快である。

当然のことながら凜子が離婚届けを出すとなると、久木も決断しなければならない。

これまでは、妻が離婚を求めているのに、久木が応ぜず、宙に浮いた形になっていたが、このあたりできっぱり、決着をつけるべきである。

「俺のほうも、離婚するよ」

久木がいいきると、凛子が驚いて振り向く。

「いいのよ、あなたは……」

「いや、そのほうがすっきりする」

「じゃあ、本当にしてくれるのね」

しなくてもいいといっておきながら、凛子の顔は自然に綻（ほころ）びる。

「これで、二人とも独身に戻れるのね」

「もう、浮気でも不倫でもない」

「わたし、明日にでも区役所に行って離婚届けをもらってくる。それにサインをして、印鑑を捺すだけでいいのでしょう」

久木が見た離婚届けには、他に二人の証人の名前を書く欄があったようだが、それは向こうで記せばすむことである。

「ともかく、届けさえ送っておけば、離婚をしたい、という意志は伝わるでしょう」

一度決めたら、凛子の動きは早い。

翌日には直ちに区役所に行って、離婚届けを二通もらってきた。

それに各々がサインをして印鑑を捺し、凛子は夫の許（もと）へ、久木は妻の許へ送れば手続きは終る。

久木は離婚届けとともに、妻に宛てて簡単な手紙を同封した。

妻にはまだ、会社を辞めることも告げていなかったので、八月一杯で辞めることを記し、さらに離婚届けが遅れたことを詫びて、そのあとに一行つけくわえる。

「いろいろと迷惑をかけたけど、悪いようにはしません。元気で」

どういうわけか、そこまで書くと、妻と過した長い歳月のことが甦って、目頭が熱くなる。

「とにかく、終ったことだ」

久木は自らにいいきかせて離婚届けをポストに入れた途端、大きな荷物を下ろしたような解放感にとらわれた。

とやかくいっても、これで家庭という枠から自由になり、夫という立場も消えて、一人の男に戻ったことになる。

これまでとくに、家庭が重荷だとか、夫という立場が辛かったわけではない。多少、面倒と思うことはあっても、この程度のことは、みな大なり小なり感じていることだと思っていた。

だがいま、離婚が現実のこととなり、もはや家庭や妻のことなど、一切、考えなくていいのだと思うと、なにか急に、羽を得た鳥のような軽やかさを覚える。

むろんこの解放感の背景には、長年勤めていた会社を辞めることも、大きく影響しているようである。

もはや明日からは、あくせく時間を気にして、会社に行くこともない。当然のことながら、嫌な上役に顔を合わせなくてもすむし、気ののらぬ話に相槌をうつこともない。これからは凜子と腕を組み、二人だけでどこへ出かけても、誰に気兼ねすることもない。

久木はふと、雲の上でも歩いているような浮遊感にとらわれながら、この自由がいとも簡単に手に入ったことに驚き、戸惑う。

これまで自分がしたことといえば、上司へ「辞めます」と一言いい、妻へ離婚届けを送る、それだけのことでこの世の束縛のすべてから逃れて、自由と奔放を享受できるとは。

こんな簡単なことに、どうしていままで気がつかなかったのか。

久木はいまさらのように、自分の不明にあきれるが、次の瞬間、とてつもない孤独の世界が、目の前に広がっていることに気がつく。

たしかにこれからは何時に起き、どんなラフな服を着て、どんなところをうろついてもかまわない。

だが、ひたすら自由に、勝手気儘に過ごしてもいいということは、裏を返せば、会社の同僚や、それにつながる友人のすべてを失い、さらに妻や子とも別れることである。

「一人になったのだ……」

思わずつぶやきながら、久木はいま初めて、自由を得た分だけ、自分がかぎりなく世間から隔てられ、孤立していることを実感する。

しかし孤立感にとらわれているのは、凜子も同じらしい。

夫に自ら離婚届けを送り、実家の母にも、その旨を伝えたところまでは、いかにも凜子らしく毅然としていたが、その反動はすぐ表れてきたようである。

八月に入って間もなく、今年は凜子の父の初盆だけに、凜子は実家に戻り、お墓参りをする予定でいたようである。

いつごろみなでお参りに行くのか、凜子が気になって実家に電話をすると、母に、「あなたも、くるつもりなの？」といわれたらしい。

「そんなききかたって、ひどいと思わない」

母のいいかたが、「くるな」といわんばかりの口調であったことに、凜子はショックを受けたようである。

「離婚届けを送ったことを怒っているんだわ。でも、それと父のお墓参りとは、なんの関係もないでしょう」

たしかに、離婚届けを送っただけで、父の墓参りも制限されるのでは可哀相である。

「みんな、わたしを除け者にしたいのよ」

凜子の話では、凜子が夫の許を出て、久木と一緒に暮らしはじめてから、母や兄はもとより、兄嫁から親戚まで、罪人を見るような目で見るらしい。

「わたしが、どんな悪いことをしたというの」

凜子の嘆きに、久木は答えようがない。

たしかに、一方的に夫を捨てて他の男に走ったことは、妻として許されぬことだが、凜子の立場からいうと、偽りの結婚生活を捨てて真実の愛に走った、自分の心に正直な行為ということになる。

愛に純粋ということからいえば、凜子のほうが正しいが、世間の道徳や倫理という面から見れば、不倫でふしだらな女、ということになるのかもしれない。

「これで、実家とも縁が切れて、一人ぼっちになってしまったわ」

凜子がつぶやくのをきいて、久木は思わず手を握りしめる。

「君だけではない……」

一人で孤独ということでは、まさしく久木も同じである。

お盆から八月の末まで、久木は自由と孤独と、両方を嚙みしめながら過した。

会社のほうは八月一杯で退職が決定していたが、お盆の休みにくわえて、有給休暇の残りもあり、実質的には、ほとんどが休日という状態であった。

盛夏のさなか、久木は久しぶりに暢んびり過したが、そのことは同時に、会社や家とも完全に訣別した、孤独の日々でもあった。

終日、凜子と二人だけで部屋にいて、久木は改めて、自分が長いサラリーマン生活のあいだで、心身ともに疲れていたことに気がついた。

夜といわず、朝も昼も、眠ろうと思えばいくらでも眠られる。ときには食事の時間も忘れて、惰眠をむさぼっている。それでも朝など、ふと目覚めて、「早く起きて会社に行かなくては」と思い、次の瞬間、「もう行かなくてもいいのだ」と自分にいいきかす。

そんなとき、沁み沁みと自由になった喜びを味わうが、次の瞬間、なにか自分一人だけ、世間から外されたような疎外感を覚える。それは毎朝、窓から外を見ると、サラリーマンが足早に駅の方へ向かう、その人波を見たときに、いっそう強く心に響いてくる。

とやかくいっても、あの列につながって会社へ行くかぎり、一日の生活と家族の安泰が保証されている。

そう思った瞬間、久木は自分が失ったものの大きさに、改めて気がつく。

まさしく、安らぎと不安と、ふたつの相反するものが交錯し、入り乱れながら、日だけがいたずらに過ぎていく。

そんな、ひたすら内側に籠る日々のなかで、久木がただ一度、自ら外へ出たのは、カルチャーセンターの衣川に会ったときだった。

それまでは、衣川から電話がきて会うことが多かったが、今回だけは、久木のほうから呼び出して会うことにした。

衣川には、まだ会社を辞めることも、妻へ離婚届けを送ったことも告げていなかった。いずれ説明しなければいけないと思いながら、正直いって、説明するのが億劫でもあった。

不思議なことに、会社を辞めるとなると、勤めていたころ行っていたレストランやバーへ顔を出すのも気がひける。きちんとお金を払うのだから、遠慮することはないと思うが、なにか歓迎されていないような気がして引っこみ思案になる。

その日も迷った末、以前、衣川と一緒に行ったことがある銀座の数寄屋通りの小料理屋に誘い、カウンターに並んで坐った。

八月も末で、盛夏の暑さも一段落したようだが、店は混んでいる。二人はビールで乾杯してから、しばらくのあいだ、互いに共通する友人の話などをしてから、久木は思い切っていう。

「今度、会社を辞めることになってね」

瞬間、衣川は飲みかけたグラスを戻したが、久木はかまわず、これまでの経緯を話す。

衣川は黙々ときいていたが、久木が一通り話し終えると、待っていたようにきく。

「お前、それでいいのか」

「いいのか、って?」

「後悔はしないのか」

悔いていないといえば嘘になるが、といって、いまさらどうなるわけでもない。久木が微

かに笑ってうなずくと、衣川は急に声を低めて、

「このあと、どこかに勤める当てはあるのか」

「別にないけど……」

「それで、どうしてやっていくのだ」

「まあ、なんとかなるかと思ってね」

いってから、それが凜子がいったのと、同じ台詞(せりふ)であるのに気がつく。

「これから離婚が正式に決まれば、慰謝料も必要になるだろう」

「それは、世田谷の家があるから」

「全部、奥さんに渡すのか？」

久木はうなずきながら、この一ヵ月で、お金や物に対する執着まで、大分薄れていることに気がつく。

「しかし、いい年齢(とし)をして、お前も変っている」

「そうかな」

「普通、俺たちの年齢になれば、もう少し見境いというものがあるだろう。そりゃ恋もしたいし、いい女を見れば誘いたくもなる。しかし、女に血迷って、会社の地位や仕事まで捨てたのでは、元も子もなくなる。それでは、そのあたりにいる盛りのついた犬や猫と変らない」

衣川のいうことは間違ってはいないが、厳しすぎる。彼の話をきいていると、妻子ある男が女性を恋し、愛にのめりこんでいくのは余程の馬鹿で、盛りのついた犬や猫と同じ、ということになってしまう。

久木が黙りこんでいると、さすがに衣川もいいすぎたと思ったのか、

「まあ、人を好きになることはかまわないが、ほどほどにしなければな」

そういってから、さらに冷酒を頼んで、

「しかし、お前がこんなに純情だとは思わなかった」

「純情？」

「そうだろう。女一人に惚れこんで、地位や収入から、家庭まで捨ててしまう」

それは純情とは違う、もっと深く心と軀の奥底から愛し、惹かれ合った結果である。それをいいたいが、言葉ではうまく説明できそうもないので黙っていると、衣川がぽつりとつぶやく。

「もしかすると、俺はお前に嫉妬しているのかもしれない」

「俺に、どうして？」

「たしかに、彼女はいい女だった。お前が手を出さなければ、俺が出したかもしれない。それで口惜しくて……」

衣川がそんなことを告白するのは、初めてである。

「でも、お前が奪っていってくれたので、あきらめもついた」

そのまま沈黙が続いてから、衣川が思い出したようにいう。

「この前、彼女が俺のところへ来てくれた」

「センターへ？」

「四、五日前かな、突然訪ねてきて、できたらまた、書道の仕事をしたいといっていた。だからお前から電話がきたときも、そのことかと思った」

凜子が一人で衣川を訪ねたことを、久木は知らなかった。

「しかし健気だ、お前が会社を辞めるから、働きたいと思ったのだろう」

衣川は少し間をおいて、さらに思いがけないことをいう。

「そのとき、お前の奥さんは、どこに勤めているのかと、きかれた」

たしかに、凜子には以前、久木の妻が陶器メーカーのコンサルタントをしていることを話したことがあるが、そのときは、それだけで終っていた。

「二度もきかれたので、銀座の美装堂とだけいっておいたが、まずかったか？」

「いや、別に……」

その後、妻からなにもいってこないから、とくにトラブルがあったとは思えないが、なぜ凜子はそんなことをきいたのか。不思議に思っていると、衣川が軽く上体を寄せて、

「しかし、お前にいうのも変だが、また一段と綺麗になった」

凜子のことだけに、久木はうなずくわけにもいかず、カウンターの白木を見詰めている。

「とにかく、彼女は変った。いや、お前が変えたのかもしれないが、初めは、男なんか絶対寄せつけないという感じだったけど、いまはしっとりと落ち着いて、女らしくなって……」

冷酒を飲みはじめて衣川は少し酔ったのか、遠くを見る眼差しになって、

「お前は毎日、見ているから感じないのかもしれないが、胸元も白くて、こんなことをいうと叱られるかもしれないが、肌が吸いつくような感じで」

いったい、凜子はどんな服を着て行ったのか。普段は無地っぽいワンピースを着ていることが多いが、夏だけに、胸が開き気味の服でも着て行ったのであろうか。

「受付にいた女の子もいっていた。綺麗というより、妖しいというか、妖艶な感じで、女が見ても、ぞくぞくするらしい」

衣川にそんな褒められ方をしたのは初めてだけに、久木は自分のことのように俯く。

「でも、前より少し痩せたのかな。首のあたりが細っそりした感じで、それがまたよかった」

たしかに、凜子はこのところ暑さのせいもあってか、食欲が少し落ちていた。

「ああいうのを、美人薄命というのかな」

「薄命？」

「別れぎわに、そっと頭を下げて帰って行ったけど、そのうしろ姿が頼りなげで、ちょっと

気になったものだから……」

衣川はそこで冷酒を一気に飲み干すと、自棄（やけ）気味のようにいう。

「まあ、せいぜい大事にしてやってくれ」

小料理屋で食事をして飲んだあと、バーを一軒廻ったが、気がつくと衣川は自分の仕事の話をして、久木は一方的に、きかされる立場になっている。やはり、男が仕事を失っては、交（かわ）す会話も少なくなるのか。そんな淋しさを感じながら店を出たが、別れぎわ、衣川が一言つぶやいた。

「気をつけて、元気でな……」

それまでの話し方と違って、衣川のいいかたが妙に沁み沁みとしていたので、久木がゆっくりとうなずくと、衣川が手を差し出す。その手を軽く握って別れたが、そのあと、彼と握手をしたのが初めてなのに気がついて、不思議な気持にとらわれた。

いったい、あの握手はなんであったのか。ごく自然に手を差し出したようだが、「元気でな」という言葉も妙に優しくて、それだけに心残りである。

帰りの車のなかで、久木はそのことを考え続けたが、よくわからぬまま渋谷の部屋に着くと十一時であった。

まずバスルームに行き、凛子がとっておいてくれた湯につかってから、ガウンに着替えて、ソファーに横になる。テレビはニュースをやっているが、音を低くし、ビールを一口飲んでから、キッチンに立ったままの、凜子のうしろ姿につぶやく。

「いままで、衣川と一緒だった」

凜子は一瞬、振り返ったが、すぐなにごともなかったように、お茶を淹れている。

「彼が、凄くきれいになったといっていた」

「あの人は、すぐそういうことをいう人だから」

「仕事を頼みに行ったんだって？」

「前に頼んで、そのままになっていたので、駄目でもいいと思って……」

凜子は、自分のコーヒーを持ってきて、同じソファーに並んで坐る。

「会社を辞めることをいったら、衣川に、馬鹿だといわれた」

「そんなの、ひどいわ」

「口は悪いけど、彼のいうこともわかる」

久木はそういってから、テレビを見たまま、

「銀座の店を、きいたんだろう」

思いきってきいてみると、凜子は覚悟をしていたのか、あっさりと答える。

「あなたの奥さまに、会ってきました」

「なにか、用でもあったの？」

「別になかったけど、前から会ってみたいと思っていたので……」

自分が愛する男の、妻に会いに行くとは、どういう心理なのか。たしかに興味をそそられるのは、わからぬわけでもないが、直接、会いに行くとは大胆である。久木も凜子の夫に関心はあるが、といって、自分から会いに行くほどの勇気はない。

「でも、遠くから、ちらと見ただけです」

妻はいまは、銀座の陶器店のほうを手伝っているから、名前をいえば、顔くらいは見ることができるかもしれない。

「とても、素敵なかただった」

凜子にそんなことをいわれても、久木はなんと答えていいかわからない。

「あなたが、好きになった理由がわかったような気がしたわ。いまでもすらりとして、てきぱきと仕事をなさって……」

妻は外で仕事をするようになって少し若返ったようだが、すでに五十を過ぎている。凜子とは、ほぼひとまわりも違うのだから、若いといっても知れている。

「あんなかたとでも、別れるのね」

凜子は一人言のように、つぶやいてから、

「もちろん、こんなことになったのは、わたしが悪いんだけど、なにか奥さまを見ているうちに、怖くなって……」

「怖い？」

「歳月の怖さかなあ。十年とか二十年とか経つと、そのあいだに、人の気持も変っていくでしょう。あなたも多分、結婚なさったころは、あの奥さんを愛して、いい家庭を築こうと思っていたのに、いまは変ってしまった」

なぜ、いまさらそんなことをいいだすのか。納得しかねていると、凜子はカーテンでおおわれた夜の窓を見たまま、

「わたしも、いずれ、あなたに飽きられるかもしれない」

「そんなことはない、絶対にないよ」

「あるわ。たとえ、あなたがわたしに飽きなくても、わたしがあなたに飽きるかもしれないし……」

一瞬、久木は喉元に匕首を突きつけられたような気持になる。

たしかに男の心が揺れるように、女の気持も揺れるかもしれない。いま、心底惚れ合い、永遠に変らぬと誓い合った愛も、歳月という腐蝕作用により、いつか崩れないとはかぎらない。

「あなたも、奥さんと会ったときは、そうだったのでしょう」

「いや……」

いまの凜子に対する気持からみると比較にならないが、それでも、神の前で愛を誓ったことはたしかである。

「わたしも、そうだったわ。あのときは、こんなことになるとは思わなかった」

凜子も、結婚を決意したころのことを思い出しているようである。

久木はなにもいえずに腕組みしていると、凜子が、久木の左手の薬指にある指輪に触れながら、

「ねえ、あなたもいつか、わたしに飽きるでしょう」

「そんなことはない。これだけ好きなのに、飽きるわけがないだろう」

「あなたが飽きなくても、わたしは年をとるわ。毎日毎日、確実にとって、お婆さんになる」

久木の妻を、素敵だなどといいながら、やはり凜子は彼女の上に、老いを感じとっていたのかもしれない。

「ねえ、永遠に変らないっていえる。絶対なんて、ないんでしょう」

それと同じ言葉を軽井沢でもきいたと思ったとき、凜子が久木の胸の中にとびこんでくる。

「抱いて、しっかり抱いて」

軀ごとおしつけられて、久木がソファーによろめくと、凜子はなお額をおしつけて、

「わたし、怖いわ、怖いのよ」

囈言（うわごと）のように叫ぶ凜子を抱きしめると、やがて胸の中でつぶやく。

「わたしたち、きっといまが最高なのよ。いまが頂点で、これからは、いくら一緒にいても、下るだけなんだわ」

「そんなことはない……」

打消しながら、久木の心の中にも、もしかすると二人にとって、いまが最高のときなのかもしれない、という思いがわいてくる。

「信じられるのは、いまだけだわ」

凛子が久木の妻を見て、愛が定めなく移ろうことを知った。そして自分達の愛もいまが最高で、いつか崩れ去るような予感にとらわれた。そんなもろもろの不安が欲望をかきたてたのか。あるいはもともと二人のなかでくすぶっていた欲望が、そんな刺戟をきっかけに、一気に燃え上ったのか。気がつくと、二人はベッドの上で全裸のまま、ひしと抱き合っている。

「いつまでも愛している、絶対に変らないといって……」

いま凛子は、永続ということへの不安や恐怖を打ち消すために、性愛を求めているようである。凡百のもっともらしい理屈や慰めより、全身が高鳴り、震えて行き果てる、性の悦楽に身をゆだね、陶酔することしか、頭を去来する不安から逃れるすべはない。

軀ほど正直で没我的なものはない。凛子の肉体讃歌は久木にものりうつり、これまで衣川などに会って、抑えに抑えていた欲望に一気に火がつき、二人はたちまち意気投合して、かぎりなく懸命で奔放で、淫らな行為に、ともに真逆さまに堕ちていく。

たしかに初め、二人はしかと抱き合い、唇を貪り合っていたが、いつか当然のように結ばれ、すでに充分、鋭敏になっていた女体がまず行き果てる。

だが休息すると、また精神という悪魔が跋扈しだすとばかり、二人は休む間もなくもつれ合い、気がつくと二人の位置は逆さまになり、互いのものを貪り、愛撫し合う。

そのうち突然、電流にでも感応したように、どちらからともなく元の位置に戻るや、今度は素早く凜子が久木の上に馬のりになり、前後に軀を揺らす。前に倒れこみ、反りかえり、また倒れこみ、そのとき垂れ下った髪の端を口に咥えた形相で、断末魔の叫びとともに行き果てる。

真夏の夜、ふたつの軀はあふれでる汗でぬめぬめと光り、肌と肌というより、汗と汗がはじける感じで、改めて男は女の上になり、女は下からしかと締めつけ、男はもはや耐えきれず「行く」と訴え、女が「きて」とつぶやいた瞬間、男の精気は一気に溢れ出し、それとともに凜子が髪ふり乱して狂ったように叫ぶ。

「殺して、このまま殺して……」

行き果てながら、久木は一瞬、息をとめる。

いままでも凜子は果てながら「殺して」とつぶやくことはあった。愉悦のきわみに死を願う。その願望の中には、いまの圧倒的な快楽のまま死にたいという欲求とともに、このまま死ねば、いつまでも愉悦を貪れるという、貪欲さも潜んでいるのかもしれない。

そこまでは久木も想像していたが、それにしても、いまの凜子の求め方は激しすぎる。

もはやセックスの快感や陶酔をとおりこして、全身の血という血が逆流し、煮えたぎるようなきわみから、声というより軀そのものが叫んだようである。

「ねえ、早く早く殺して……」

なおも絶叫する凜子に応ずるすべもなく、久木はひたすら強く抱き締めるが、その肉の襞をとおして、凜子が小刻みに震えながら満ちていくのが伝わってくる。

そのまま男も女も死体のように重なり合ったまま、果てた余韻に身をまかせていると、やがて死界から舞い戻ったような、低く気怠げな声で凜子がつぶやく。

「ねえ、どうして殺してくれなかったの……」

答える言葉もないまま、久木が軽く上体を浮かし、抱いている腕を解こうとすると、凜子が両手でしがみつく。

「離れないで……」

いわれるまま、おおいかぶさった姿勢を保っていると、凜子がゆっくりと目を開く。

「ねえ、このまま死ねないの」

下から見上げる凜子の目に、愉悦のきわみに溢れたのか、かすかに涙が滲んでいる。

「あなたと一緒に、胸もお腹も、あそこもつながったまま……」

いわれて、久木は自分のものが、なお凜子のなかにとどまっていることに気がつく。

「わたし、こうしてなら死ねる。少しも怖くない、そうでしょう」

凜子にたしかめられて、久木はなお二人が結ばれているのを感じながら、うなずく。

「ねえ、こうして二人で死にましょうよ」

凜子に死を誘われても、とくに慌てることもなく、むしろ素直に受け入れようとする。そんな自分に、久木は一瞬、狼狽するが、次の瞬間、それならそれでもいい、という思いにとらわれていく。

果てたあとの気怠さが、気持を消極的にさせるのか、それとも、いまだに自分のものが凜子のなかにとらえられている感覚が、考える範囲を狭めているのか、ともかくいまは逆らうほどの気力はない。

「わたしと一緒に死ねる？」

「ああ……」

漠然と答える久木に、凜子はさらにたしかめる。

「本当にいいのね」

「いいよ」

答えた瞬間、久木は、阿部定に自分のものを切られた吉蔵のことを思い出す。

あのとき、吉蔵も定の、「首を絞めてもいい？」という問いかけに、いまと同じような気怠さのなかで、「いいよ」と答えたのかもしれない。

「嬉しいわ」

突然、凜子が両手で抱きつくが、そのときの軀の揺れで、凜子のなかに入っていた久木のものが、するりと抜ける。

「だめ……」

凜子が思わず声をあげるが、久木はかまわず上になっていた位置から、仰向けに横たわる。

その姿勢で激しすぎた情事の名残りを追っていると、再び凜子が小猫のようにすり寄ってくる。

「ねえ、本当に一緒に死んでもいいのね」

「本当だよ」

答えながら、久木はこれまでの自分のなかで、いまが一番優しく、従順になっていることに気がつく。

「わたしたち、死んでも一緒よ」

凜子は、男を死へ誘う悪魔の鳥だと思いながら、その羽にのって、死の世界へ旅立つのも悪くはないと思う。

「じゃあ、約束の印にここを嚙んで」

凜子が火照りの残る乳房をつきだし、久木がそこに血が滲むほどの歯型を残すと、代って凜子が久木の胸に歯を当てる。

久木はその小さな痛みに耐えながら、もう凜子からは逃れられないと、自分にいいきかす。

「いつまでも、消してはだめよ」

仰向けに寝ていると、胸の歯型の痕がかすかに疼く。かなり強く嚙まれたようだが、それも愛の証しなら受け入れるよりない。

そのまま目を閉じていると、凜子がつぶやく。

「やっぱりわたしたち、いまが最高よ」

たしかにいまなら、久木は経済的にも余裕があるし、若さもまだ少しは残されている。そしてさらに、凜子という二度と得がたい女性に、圧倒的に愛されているという確信がある。

これ以上さらに生き長らえても、いまより幸せで輝く時代がくるとは思えない。この先、必ず訪れてくるどんな死よりも、凜子とともに行く死ほど華麗で鮮烈な死があるとは思えない。

「わたし、若いときから、人生の一番幸せなときに死ぬのが、夢だったわ」

凜子の歌うような声をききながら、久木は、有島武郎を死に誘った、波多野秋子のことを思い出す。二人とは状況は違うが、人生の最良のときに、女性に引きずられて死んでいくところは、凜子と自分の関係と似ているかもしれない。

「わたしたち、一緒に死んだらどうなるかしら」

「どうなるって……」

「まわりの人がなんといって、みんなどんなに驚くか……」

一瞬、久木は、妻や娘の顔を思いだす。

「考えただけで、ぞくぞくするわ」

いま、凜子は自殺願望というより、自殺という行為そのものに、喜びを見出しているようである。

「ねえ、二人でしっかりと抱き合ったまま、絶対に離れないのよ」

「でも、どうしたらそんなこと……」

「それは、これから二人で考えるのよ」

凜子はなにか、二人の秘密の宝を探しに行くような、いいかたである。

「みんな、きっと驚くわ」

浮き立つような凜子の声をきくうちに、久木のなかにも、まわりの人々があっと驚く姿を想像する、秘めやかな快感が芽生えてくる。

「わたしたちが死ぬこと、まだ誰も知らないんだわ」

久木はそれにうなずきながら、凜子とベッドのまわりに漂う死の快楽に馴染んでいく自分が愛しく、不思議である。

# 至福

季節より街並みに、一歩先んじて秋が訪れる。

久木がいまいる銀座の街も、女性もののブティックのショーウインドーには秋めいたワインカラーやブラウン系の服装が増え、道行く人々もそれに合わせた色の服が多くなる。

街の気配には一歩遅れているが、季節も確実に秋に傾き、陽は明るくてもどこか力はなく、五時を過ぎたいまは微風とともに、すでに西のほうから暮れかけている。

久木はそんな秋の夕暮れどきに喫茶店に入り、あたたかいコーヒーを頼む。

店は二階で、ガラス窓をとおして暮れていく銀座の街が見下ろせる。ちょうどアフターファイブで、一日の勤めを終えたサラリーマンの地味なスーツ姿のなかに、若いＯＬが彩(いろ)どりをそえている。

そのまま夕暮れの銀座の街を眺めていると、突然うしろからウエイトレスが現れて、久木は慌てて振り返る。

「お待たせしました」

白とピンクの制服を着たウェイトレスは、軽く頭を下げてコーヒーをおいていくだけだが、久木はなぜか、悪いことでもしていたように目を伏せ、彼女が去っていったところで、ひとつ安堵の息をつく。

久木が坐っているのは、窓ぎわの二人がけの椅子の一方で、その先に四人と二人連れの客がいるだけで、店は空いている。

まだ五時を過ぎたばかりで、待合わせの客も少ないのだが、ウェイトレスの動きから、まわりの客まで気になるのは、久木の内ポケットのなかに重要なものが潜んでいるからである。

今日の午後、久木はそれを求めて、飯田橋にある研究所へ行ってきた。

久木がそこへ行くことを思いついたのは、凜子とともに、死ぬことを約束してからである。

ともに抱き合ったまま、一緒に死ぬにはどうすればいいのか。

この半月間、久木と凜子はそのことを考え続けてきた。

さまざまな推理小説から医学書まで読んだ結果、二人がともに死ぬには、この方法しかない。

その結論に達したのが、わずか二日前だった。

凜子とともに死の旅に出ると決めて、久木はなにかひとつ、大きな壁を突き抜けたような気持になった。

いうまでもなく死は怖いが、それはひとつの旅立ちかもしれない。この世に生きとし生けるもの、いずれは行かねばならぬ旅ならば、最愛の人と最も美しい形で旅立ちたい。

いま凜子は、二人でしっかり抱き合ったまま死ぬのなら、怖くはないといっている。それもセックスのさなか、快楽の頂点にのぼりつめた瞬間に果てる。たしかに死はともに体験していないが、全身が満ちて放つ、その頂きで互いの肌が触れ合ったまま、息が止まるのなら、さほど怖くはないかもしれない。

凜子と死の約束を交してから、久木の頭のなかから急速に死の不安は消え、かわりに死への渇望が徐々に熱く広がってきた。

華麗で鮮烈で満ち足りた死。それは愛し合って死ぬ二人だけに許された至福の行為である。

これほどの幸せな行為を願い、全うしうる二人は、この世にそういるものではない。何十万人に一組か、いや何百万人に一組以上に稀有で、それだけに数ある男女の組み合わせのなかからとくに選ばれた、「愛のエリート」である。

これまでは、大人の心中といえば愛しい女性のために他人の金に手をつけたり、許されぬ恋に懊悩した挙句、行き場を失って死ぬのだと思われてきた。

だがいまや、近松や西鶴が生きていた江戸の時代とは違う。貧富の差が激しく、貧しさや借金に泣き、身分の差や義理人情のしがらみに縛られ、抜き差しならなくなって死を選んだ時代は、すでに遠い遠い過去となってしまった。

いま、久木は初めて、阿部定が愛しい男のものを懐に抱いたまま、警官に捕えられたとき、にっこりと笑みを浮かべていた気持がわかったような気がする。そして有島武郎と心中すると決めた秋子が、その前日、会社に出てきて、いつものように仕事をこなし、まわりの人におだやかな笑顔を残して去っていった気持も同じに違いない。

人々は死の跡だけを見て、狂気とか無残とかいうが、それは形だけ見ているからで、当人たちは、それからはるか彼方の至福の境地にいる。

あとに残った者がなんといおうと、当人たちは、愛という宗教に帰依して、幸せの頂点で、死という安息の世界へ旅立ったのである。

そう考え、そう自分にいいきかせているうちに、死への怖れは徐々に薄れ、むしろ死を願わしく思っても、いざその死を決行するとなると困難な問題がいくつかある。

少なくとも、肉体的には健康な二人が、本来、軀にそなわっている、生きようとする前向きの意志を自ら捨てて、命を絶つのである。常識という倫理に逆らうことはさほどでもないが、生命の倫理に逆行するのは容易ではない。

とくにいま、凜子と久木が求めている死は、かなり我儘で贅沢な死である。

単に二人がともに死ぬというのなら、これまでにも、いくつか例がある。たとえば有島武郎と秋子のように、二人並んで縊死という方法もあるし、ともに崖から身投げしても、あるいはともにガスの充満した部屋で眠ってもいい。

ともに、という言葉を、死ぬときを同時に、という意味だけにとらえれば、さほど難しくはないが、凜子が求めているのは、二人でしっかりと抱き合ったまま離れずに、という死にかたである。

むろん心中を願うほどの男女なら、みな、しっかりと離れずに、と願うだろうが、死体が発見されたときには、ほとんどが離れ離れになってしまう。たとえば互いに腰紐で結び合い、ともに両手をつないで高所から飛び降りたとしても、発見されたときは紐も千切れて、ばらばらになる。たとえガスが充満した部屋で眠ったとしても、最後は離れ離れになるし、ときには引火して、まわりに大きな迷惑をかけたうえ、自分達も黒焦げになるかもしれない。

生きている者が、自らの死とはいえ、死後の形まで、かくあれと望むのは、僭越というか、贅沢に違いない。

だが、いま凜子が求めている死は、それ以上に贅沢で我儘である。

しっかり抱き合ったまま、男と女の秘所までひたと密着し、接がり合ったまま死にたい。

はたして、そんな形で死ぬことが可能なのか。

できることなら、久木もそうありたいし、凜子の願いを叶えてやりたいが、現実にそんな方法があるのだろうか。

考えあぐねた末、久木は今日思いきって、古い友人のところへ行ってみた。

それにしても、死に方を考えることほど、奇妙で不思議なものはない。

これまで、久木も人生については、それなりに考えてきたつもりだが、そのいずれもが、いかに生きるかという、前向きの発想ばかりであった。

それが今度は百八十度変って、いかに死ぬかという、うしろ向きのことを考える。それも老いや病気のように、近づく死に対処する方策としてでなく、生きようとする命を自らの手で絶ち、中断させる方法である。

人生の生き方について書かれた本は無数にあるが、自殺の意義や方法について書かれた本は皆無に等しい。

そんな状態のなかで敢えて死を成就することは、見方によっては、前向きに生きていくときの何倍ものエネルギーと集中力が要求されそうである。

久木は改めて、死の難しさを痛感しながら、自殺者が縊死や飛び込みなど、はた目から見ると到底、美しいといえぬ形を選ぶ気持が少しながらわかってきた。

やはり死を選ぶ人は、死ぬ段にいたっても具体的にどうしていいかわからず、ひたすら確実に、かつ苦しまず、死ぬことだけを優先させるのかもしれない。

それまでは死に方について、とくに深く考えることもなかっただけに、いざとなると、断崖とかマンションの屋上、ホームなどから飛び込むことくらいしか頭に浮かばない。

それらに比べたら、縊死などはずいぶん手のこんだ方法だが、それには冷静な死への意志と準備が欠かせない。またガス自殺にしてもそれなりの工夫がいるし、毒物などは一層手に入れにくく、その効果のほどもわからない。

すでに久木は、凛子とともに死ぬことにはなんの異存もないが、方法についてはなお決めかねる。

九月の半ばから末にかけて、久木はひたすら死にかたを考え続けたが、ある日、突然、友人の川端という男が、なに気なくつぶやいていた一言が甦ってきた。

「俺のところには、青酸カリがいっぱいあってね……」

川端は久木の高校時代の同級生だが、大学は理学部にすすんで、いまは飯田橋にある環境分析センターの研究室にいる。

考えてみると、彼と会ったのは去年の秋の同期会のときだった。それから一年近く経つが、高校時代には最も親しい友人で、いまも「お前」「俺」と呼び合う仲である。

久木が思い出して電話をかけると、午後からなら研究室にいて比較的暇だという。

その場で久木は出かける約束をしたが、用事もないのに行くのは少し不自然なので、ある小説のなかで毒物を扱うシーンがあるが、それが専門的に見て妥当か否か、その点について教えて欲しいのだ、ということにした。

川端の専門は分析化学らしいが、いまは主任研究員ということで、久木が行くと、センターの三階にある彼の個室に案内された。

「久しぶりだ……」

白衣を着たままの川端は気軽に迎えてくれて、しばらくは共通の友人の話をしてから、久木が用件を切りだす。

質問の内容は、青酸カリで毒殺するところで、紅茶に入れて飲ませているが、それで被害者は異常を感じないものだろうか。もし感じるようなら、なにに混ぜたらいいか、といったことである。

川端は、久木がまだ出版社に勤めていると思っているので、疑うこともなく答えてくれる。

まず、毒物を入れると、苦くて酸っぱい臭いがするので、紅茶では気づき易いから、濃いコーヒーか甘いジュースにでも入れたほうがいいだろう、ということであった。

そこで久木が、「青酸カリがあるなら、見せて欲しい」というと、川端はあっさりとうなずいて、部屋の片隅にある薬品棚から、高さ十センチほどの小瓶を持ってきた。

陽を遮るためか、茶褐色の瓶で、外のラベルには「試薬」とあり、Potassium Cyanide. という横文字とともに、「特級・シアン化カリウム」と記されている。

「少し、出してみようか」

川端はテーブルの上に紙を敷き、その上にさらに薬包紙をおくと、ゴム手袋をはめ、瓶の蓋をとる。それを軽く傾けると、小豆大のかたまりが二個と、さらに小さなかたまりを含んだ白い粉がでてくる。

「これで、何人くらいが……」

「純度がいいから、小匙に一杯もあれば充分だから、四、五人くらいは殺せるだろう」

久木は改めて、眼前の白い粉に目を見張った。

見たところなんの変哲もない。白砂糖か塩といわれてもわからない粉末だが、それを指先につけて舐めただけで、死ぬこともあるという。

この美しい白い粉のどこに、そんな魔力が潜んでいるのか。久木が怖わごわ眺めていると、電話のベルが鳴って、川端が立上る。

部屋は衝立てで区切られていて、久木は入ってすぐの、応接セットがあるところにいるが、川端は奥の、机や書棚があるところで話している。

瞬間、久木の脳裏に、このまま白い粉をくすねたらという思いがわく。

小匙に二、三杯分でいい。それをティッシュにでも入れて持っていけば、充分である。

やるならいまだ、と思うが、怖くて手を出せない。

そのうち電話を終えた川端が戻ってきて、「ちょっと隣りの研究室まで行ってくるから、待っていてくれ」という。

急に用事でもできたのか、川端が部屋を出て足音が消えたところで、久木は意を決して、横にあった薬包紙に白い粉の一部を移して折りたたみ、さらにティッシュで何重にも包んで、急いで内ポケットにおさめる。

そのまま、なにごともなかったように煙草を喫っていると、川端が戻ってくる。

「待たせてすまなかった」

川端はそういってから、「これは、もういいかな」といって、白い粉を瓶に戻す。

どうやら、気がついていないようである。

久木は平静を装って、きいてみる。

「こういうのを、いくらでも買えるのか？」

「一般の人は無理だが、われわれは仕事に必要な試薬だから、頼めば持ってきてくれる」

ラベルには、「二十五グラム」と記され、製造工場の名前ものっている。

「これを誤って、嚥むようなことは？」

「そんなことはないけど、昔、研究中に、手についたのに気がつかなくて、舐めて死んだ人がいたらしい」

「そんな簡単に、死ぬのか？」

「毒物のなかでも一番強いから、呼吸中枢をやられて、ほとんど即死か一、二分で駄目だろう」

川端の話をきくうちに、久木はいたたまれなくなって立上った。

喫茶店の隅に坐ったまま、久木はそっと胸の内側に手を当ててみる。

この背広の内ポケットには、いま少し前、川端のところから盗んできた紙包みが入っていて、手を差し込むと、小さなふくらみとなって触れる。川端の話では、小匙一杯分で四、五人は簡単に死ぬということだったから、これだけあれば、十人くらいは殺せることになる。

それほどの毒物を自分が持っていることに、久木は怖くなり、ともかく一休みしたくてこの店まで馳けてきた。それにしても、なぜ銀座という人が多い賑やかなところに来たのか。そのことが自分でも不思議だが、なにか華やかな明りの下で笑いさざめく人々のなかに入って、安心したかったのかもしれない。

久木は自らを落着かせるようにコーヒーを飲むが、またすぐ、いま行ってきたばかりの研究室のことを思い出す。

紙包みをポケットにおさめたあと、久木はそそくさと部屋を出てきたが、川端は不審に思わなかったろうか。彼が残りを瓶に戻したとき、なにもいわなかったから、気がついたとは思えないが、帰り方が少し不自然であったかもしれない。

　しかし、あんな大事を犯して、なお彼と暢んびり話している気にはなれなかった。

　正直いって久木はいま、これほど危険なものが容易に手に入ったことに自分で驚いている。

　むろん、親友同士の心安さから無防備だったのだろうが、こちらに勇気さえあれば、もっと大量に取ってくることもできたはずである。

　もっとも、相手は強烈な毒物だけに、好んで手にする人はいないし、下手に持つと、自分が危害を受けることになりかねない。それ以上に、自ら死のうと思う人が、そうそういるわけもないから、川端が気を許したのも無理はない。

　しかし、これで凛子と自分が死んだとしたら、川端は罪に問われるのだろうか。

　いや、彼自身は持ち去られたことを知らないし、こちらもいうつもりはないから、彼に迷惑をかけることはない。いずれ死因はわかるとしても、入手先は不明ということで、取得方法は闇に埋もれたままになるのかもしれない。

　考えるうちに、久木は再び落着かなくなり、伝票を持って立上る。

　店を出ると六時で、街はさまざまなネオンで彩どられ、一層、華やかさを増してくる。

　久木は一旦、地下鉄の乗り場に行きかけて、途中で思い直してタクシーを拾う。

こんな危険なものをポケットに入れたまま電車に乗って、人と突っかかったり、紙包みが破けたりしては大変である。それ以上に、すでに死を覚悟しているのに、いまさら車代を倹約することもない。

思い直してタクシーに乗ったが、途中でスーパーに寄り、手袋と小さな蓋のある容器を買って、渋谷の部屋へ戻る。

「大切なものが手に入ったよ」

久木はさり気なくいって、研究所に行ったいきさつを告げながら、テーブルの上に紙包みを開く。

凜子は数日前から写経を始めていたが、その手を止めて白い粉に見入る。

「これをジュースにでも混ぜて、飲むだけでいい」

返事もせず、凜子はひたすら眺めていたが、やがて少し乾いた声でつぶやく。

「こんな粉で、本当に死ねるんですか」

「嚥めば一、二分で、完全に息が絶えるらしい」

久木は手袋をつけ、薬包紙を手にして、粉を小さな円い容器に移す。

川端の話では、光や大気中におくと、純度が落ちるということなので、このまま暗所に保管しておいたほうがよさそうである。不要になった薬包紙や包み紙も、別の袋にまとめて、あとで焼くか、土にでも埋めたほうがいいかもしれない。

「これだけあれば、充分だ」

「苦しくないのですか」

「少しは苦しいかもしれないけど、しっかりと、しがみついていれば大丈夫だ」

凜子はなお、容器の中の粉を見ていたが、ふと思い出したように、

「これを、ワインに入れてはいけませんか」

「どんなワイン？」

「もちろん赤の、最高のワインに」

「かまわないと思うけど」

「あなたと一緒に、抱き合ったまま飲むわ。真赤なワインを、あなたがまず口に含んで、それからわたしの口に入れて……」

ワインの好きな凜子は、この世で最後に飲むものを真紅のワインにして、人生を締めくくるつもりらしい。

「そうしよう」

それが死へ旅立つときの凜子の願いなら、久木はそのすべてを受け入れてやりたい。

死への旅立ちの方法が確立して、久木の心は一段と安らぎ、落着いた。

自分の軀でありながら、なにか心から軀のすみずみまで浄化されて、死を待ち望む以外、現世的な欲望はなにもない、透明体になったような気さえする。

このあと、二人で決めなければならないことは死ぬ場所だが、それは自ずと軽井沢ということで一致した。

むろん二人が激しく燃えて、ともにもはや家に戻らぬと誓った鎌倉のホテルも、そのあと何度か密会した横浜のホテルも、雪の中に静まり返った中禅寺湖畔の旅館も、桜の散りしきるときに訪れた能舞台のある修善寺の宿も、それぞれに二人にとっては思い出深く、忘れがたい場所である。

だが、一般の人々が泊る宿で死ぬことは、宿の人へはもちろん、まわりの人々にまで迷惑をかけることになる。

ひっそりと誰にも迷惑をかけず、自分達が望む形で死ぬためには、軽井沢の別荘しかない。

むろん二人がそこで死ねば、凜子の母も兄も困惑し、もはや別荘をつかう気にはなれないかもしれないが、所詮、身内のものがしたことである。凜子の母や兄には悪いが、これだけは最後の我儘として、許してもらうよりない。

死に場所を軽井沢と決して、久木は再び鮮明に有島武郎と秋子のことが思い出されてきた。

あの二人が死んだのは初夏の梅雨どきであったが、自分たちがこれから行くのは、初秋の軽井沢である。といっても、高原は秋が早いから、すでに秋も闌(たけなわ)かもしれない。

梅雨どきに死んだ二人の死体は、暑さと湿気でたちまち腐乱したが、秋ならそんな悲劇は避けられそうである。

「これからは、涼しくなるだけだから」

「空は晴れても冷んやりとして、十月になると、軽井沢に住んでいる人以外は誰もいなくなるわ」

久木は、色づき始めた茂みの奥で静まり返る別荘を想像する。

「カラマツ林も黄色くなって、その一本道を歩いていると、まだ見たことがない、遠い世界へ行くような気がしてくるわ」

その道をたどれば、さらに静寂な死の世界へ通じることを、久木も凜子も信じている。

すべてがゆっくりと、しかしたしかに死へ向かって流れて行く。ここまで心も軀も死へ傾きはじめては、もはや生に対して執着を抱くわけもない。

といって、二人の生活がひたすら抑制され、静かに退嬰(たいえい)的になったわけではない。それどころか、性的にはむしろ激しく、色濃くなっていく。

あと数日、なおこの世に残って互いの身のまわりを整理して、未練も執着もなく、死の世界へ旅立ちたい。

そう思えば思うほど、久木は凜子を求め、凜子も久木を求めてくる。

たとえば朝、久木が目覚めて横に凜子がいるのに気がつくと、自然に寄り添い、乳房から全身の愛撫をくり返し、当然のように結ばれて、凜子が何度も行き果てるのを見届けたところで、ともに眠る。そのあと昼近く目覚めるや再び戯れ、夜、暮れるのを待ちかまえたように、また触れ合う。

まさに昼も夜もない痴態の連続で、知らぬ人が見たら、破廉恥とも色気狂いとも思うに違いない。

しかし前向きにものを生産して、富を得て、豊かな生活を楽しむという、現世の俗な欲求を一旦、捨てたら、この世でやるべきほどのことは、ほとんどない。

その先、さらに残っているものといえば、食欲と性欲くらいだが、前者は、家に籠ることが多い生活のなかでは、さほど起きるわけもなく、最後に残るのは、まさしく一対の男と女に相応しい性欲だけとなる。

こういうと、いかにも二人は精力絶倫な性的マニアのように思われるが、現実は性に挑むというより、ひたすら性に没頭し、耽溺することで、近づく死の不安を打ち消しながら、一方で命の活力を薄めているともいえる。

ことさらに信仰のない者が死を自然体で迎えるためには、自らの軀に潜む生の余力を殺いで、死の状態に近づけるよりない。この世に生存する生命体として、本来備わった身内の精力のすべてを消耗し、燃やし尽せば、生への意欲は自ずと薄れ、やがては没我の境地から死の世界にたどりつくに違いない。

日夜くり返される久木と凜子の、あくなき性への耽溺は、静寂で乱れぬ死を迎えるための、心と軀への癒やしの作業といえなくもない。

身辺の整理をすすめながら、久木にはなおひとつ気がかりなことが残っていた。

妻と娘に会っておきたい……。

それは単なる未練とか愛着をこえて、ここまで生きてきた人生の最も長い時間を共有し、関わり合ってきた相手への礼儀であり、愛情である。

妻も娘も、もう数ヵ月、家を出たまま戻らぬ夫と父に愛想をつかしているに違いないが、いま一度会っておくことが、我儘に生きた者としてできる最後の誠意かもしれない。

考えた末、軽井沢に旅立つ前の日に、久木は妻の許を訪れた。

あらかじめ電話をして、娘も呼んでおくように頼んでおいたので、知佳もきていたが、二人と会ったのが茶の間でなく、応接間であったことにも、よそよそしさが感じられた。

久木は、他人の家にきたような落着きのなさを覚えながら、「変りはなかったか」ときいたが、妻はそれには答えず、「あちらのほうは、知っている弁護士さんに頼んでいますけど、それでよろしいですね」ときいてきた。

即座に離婚のことだとわかったが、そのことについては、久木はもはやなんの関心もない。これから調停で財産分与などの条件が決まったとしても、久木自身はすでにこの世にいないのだから、残されたものが、すべて妻と娘に与えられれば、それで満足である。

久木がうなずき、娘が出してくれたお茶を飲むと、もはや話すことはなかった。

娘が、「少し痩せたようね」というのに、「お前は元気そうだ」と答えただけで、また会話が途切れると、妻が大きな紙袋をふたつ持ってきた。

「もう、秋ですから……」

いわれてなかを覗くと、久木の秋もののスーツとセーターがたたんで入れてある。

「用意しておいて、くれたのか……」

自分を憎んでいるとばかり思っていた妻が、思いがけなく秋ものを揃えておいてくれたことに、久木は一瞬戸惑う。

これから別の女の許へ戻る男に、そこまでするのは、なお愛の名残りがあるということか、あるいは、長年、妻の座にいた女の単なる習慣なのか。

「ありがとう」

最後かもしれぬ妻の優しさに、久木は素直に頭を下げる。

それにしても、不思議な雰囲気である。

まだ離婚こそ成立していないが、夫はすでに家を出て他の女性と同棲している。妻はそんな夫を憎み、冷たく対しながら、夫の秋の衣類を揃えている。娘は身勝手な父に怒りを覚えながら、二人のあいだをとりもつように健気に振る舞っている。だがその父は数日後の死を覚悟しているが、妻も娘もそのことには気がついていない。

三人それぞれに、どこか居心地の悪さを覚えながら、しかしいまの雰囲気を壊さず、しばらく保っていたいと願っている。

そのままさらにお茶を一杯飲んだところで、久木は「ちょっと」と上を指さし、二階の自分の書斎に行ってみる。

部屋は今年の初夏、家を出たときと少しも変っていない。レースのカーテンは閉じられたまま、ペン立ての位置も、つかわなくなったアタッシェケースの場所も同じで、机の上には、かすかに埃がたまっている。

懐しさに、久木はそこで煙草を一本喫ってから階下へ下り、立去る旨を告げる。

妻は少し驚いたようだが、引き留める気配はなく、娘が心配そうに二人を交互に見ている。

「じゃあ、これをもらっていく」

久木はそういうと、秋ものの入った紙袋を持って玄関に立ち、妻と娘を振り返る。

「それじゃ……」

そのあと、「いろいろ迷惑をかけて、悪かった」というつもりであったが、いいだす段になって、急にその言葉が白々しく思えて、ただ二人の顔を見たままつぶやく。

「元気でな……」

なに気なくいったつもりだが、自分で辛くなり、目を伏せてドアを開けると、うしろから娘の知佳が叫んだ。

「行かないで……」

呼ばれて振り返ると、妻は顔をそむけ、知佳はいまにも泣き出しそうな顔で睨（にら）んでいる。

そのふたつの顔を見届けてから、もう一度「さよなら」と心の中でつぶやいて、外へ出る。

そのままポーチから通りに出たところで、再び振り返ったが、妻も娘も追ってくる気配はなく、玄関は無人の家のように静まり返っている。

世田谷の家を訪れた翌日、久木は凜子とともに東京を発った。

いよいよ二人の死出の旅で、これがすべて現世の見納めだと思うと、わずかな期間住んだ渋谷の小さな部屋も、人々で賑わう東京の雑踏にも愛着が残るが、といって、いつまでも感傷に浸っているわけにもいかない。

「さあ、行きましょう」

凜子の明るい声に誘われて、久木は部屋を出た。

季節はすでに秋で、凜子はキャメルのスーツに同色の帽子をかぶり、久木は妻から受け取った淡いベージュのジャケットに茶のズボンをはき、ボストンバッグをひとつ持つ。

はた目には、やや年齢差のある相思相愛の二人が、一、二泊の旅に出る、といった感じかもしれない。

車は久木が運転して、都心部を抜け、関越高速に入る。

これで東京も最後である。久木がそんな思いにとらわれて、高速の乗入れ切符を受け取ると、凜子がそれを手にしてつぶやく。

「ワンウェイ・チケットね」

たしかに、死へ向かう旅は片道で充分である。

「パラダイス行きでしょう」

凜子はことさらにおどけてみせるが、目は真っ直ぐ前を見詰めている。

久木はハンドルを握ったまま、「パラダイス」と、口の中でつぶやいてみる。

凜子はすでに来世を、二人の愛が永遠に変らぬ楽園、と信じきっているようである。

かつて、天上の世界にいた二人が禁断の木の実を食べて楽園を追放された。そのアダムとイヴが、いま再び楽園へ戻ろうとしている。たとえ蛇に惑（まど）わせられたとしても、一度でも神に背（そむ）いて禁断の木の実を食べた二人が、はたして再び楽園へ戻ることができるのか。そこまで久木は自信はないがたとえ戻れなくても不満はない。いま二人が汚濁にまみれた現世にいるのは、性という禁断の木の実を食べたからである。それで天上からこの世に堕とされたのだとしたら、思いきり性を貪り、堪能して死にたい。

その最大の人間の願望を二人は心ゆくまで満喫したのである。

ともかくいま、凜子は愛の絶頂で死ぬことのみを願い、その先にバラ色の夢を見ているが、久木はその先がバラ色か否かまではわからない。

しかし、このままさらに生き長らえても、これ以上の人生が訪れるとは思えない。

いま、これほど深く凜子に愛されたまま、歓喜の頂点で死ぬ。そのひとつのたしかな真実だけあれば、あとはなんの不安もなく、凜子とともに愛の片道切符の旅へすすむことができる。

秋の軽井沢へ来ると、久木はなぜともなく、堀辰雄の「風立ちぬ」の序曲を思い出す。

「そんな或る日の午後……不意に、何処からともなく風が立った」

うろ覚えの文章の先に、次のポール・ヴァレリーの詩句が出てくる。

「風立ちぬ、いざ生きめやも」

風立ちぬは、必ずしも秋を表しているわけではないが、言葉の感じはまさしく秋の風情である。

しかし、「いざ生きめやも」は、「さあ、生きていこう」というほどの意味で、これから死の旅へ向かう二人には、必ずしも相応しくはないが、この詠嘆の言葉のなかには、意味とは裏腹に、生気というよりは静かな諦観というか、生も死も見据えた成熟の秋の気配がある。

二人が着いた軽井沢は、まさしくそんな秋で、静まり返った木立ちのあいだを、思い出したように秋風が吹き抜けていく。

着いたのは午後だが、まだ陽も高かったので、そのまま中軽井沢から千ケ滝を経て、鬼押出しまで行って、高原の秋を満喫した。

七月の梅雨どきに来たときとはうって変った快晴で、高く広い空の下では煙をはく浅間山も小さく見える。すでに山腹の一部は色づきはじめ、裾野（すその）に広がる薄（すすき）も尾花を伸ばして秋の陽に輝いている。

久木も凜子も言葉は少ないが、といって不機嫌なのではなく、いま秋の盛りの自然のすべてを、しっかりと瞼（まぶた）に灼きつけておきたい。

やがて陽が傾きはじめるとともに浅間の稜線は一段と鮮やかさを増し、その先の空の動きに見とれているうちに、山は裾から暮れ始め、一瞬、雲の白さだけがきわだって、夜に入る。

不思議なことに、生きる思いに溢れているときは、淋しげな秋の風情に惹かれていたのに、死を思ういまは、むしろそんな風景から逃げたくて、追われるように山を下る。

小一時間で別荘に着くとすでに夜で、あらかじめ管理人が点けておいてくれた玄関の明りが、夜の深さを思わせる。

「ただいま……」

凜子のいうのに合わせて、久木もつぶやいてなかへ入る。

約束では、今夜はここで軽井沢の最後の夜を過し、明日の夜、二人で真紅のワインを呷って、この世の生を終える。

その夜、二人は近くのホテルのダイニングルームで食事をした。明日は一日、どこへも出ないつもりなので、これが二人にとっては外でとる最後の晩餐でもあった。

七月の初め、やはりここで食事をしたが、そのときは久木の誕生日を祝って、シャンペンで乾杯をした。それからわずか三ヵ月後に、同じところで最後の食事をすることになるとは予想だにしていなかったが、振り返ってみると、そのときすでに予兆はあったのかもしれない。

たとえばそのころ、久木はまだ子会社へ出されることは知らなかったが、すでに会社を辞めたいと思いはじめていたし、これ以上、生きても無駄なような虚無的な感情にとらわれていた。一方、凜子も、愛の移ろいやすさや、これから先、年をとることへの漠然とした不安から、圧倒的な愛のさなかで死ぬことを夢見はじめていた。

水口の死に続く怪文書、そして降格から退職と追い詰められ、それが直接の引き金となって辞めることになったが、それ以前の、凜子との深まりすぎた愛と、ある程度、人生をやり尽したという思いが、さらに死へ向かう気持を加速させたことはたしかである。

いいかえると、春から夏のあいだに充分、矯められた弾丸が、秋晴れの一日、空に向かって放たれ、そのわずか一発の銃声によって、二人はこの世から永遠に消え去る。

そのあまりの呆気なさに久木自身が戸惑っていると、ソムリエがきてワインを注いでくれる。

赤のシャトーマルゴーで、円く大きなワイングラスに、血のような朱をたたえて香りとともに揺れている。

「ねえ、やっぱりこれがいいでしょう」

二人が最後に飲むワインは、真紅で、思いきり高価なのがいいといって、凜子が決めたのである。

たしかに口に含むと深くまろやかで、何百年と培ってきた、ヨーロッパの豊饒と伝統と、その底に潜む、逸楽の妖しさが伝わってくる。

「これを、明日のためにもう一本もらっていきましょうか」

いま心地よく飲んでいるのと同じように軽くグラスを傾けるだけで、二人はともに手をたずさえて、薔薇色の死の世界へ旅立つことができる。

その夜、久木と凜子はひたすら眠り続けた。

東京を出てくるための準備に疲れ果てたこともあるが、それ以上に、ともかくここまで生きてきた。その一生のあいだに蓄積された心と軀の疲労のすべてが、いま全身を鉛のようにおおい、二人を深い眠りに追いこんでいるようである。

やがて朝、窓ぎわから洩れる鈍い明りで久木は目覚めたが、横に凜子がいるのをたしかめて、また眠りに落ちた。同様に凜子も、ときに思い出したように目覚めるが、すぐ横に久木がいるのを知って安心するのか、再び寄り添って眠る。

そのままともに眠り続けて、二人がたしかに目覚めたのは、昼も少し過ぎたときだった。

凜子はいつものようにシャワーを浴び、薄く化粧をすると、カシミヤのセーターに栗色のロングスカートをはいて、家の中を整理しはじめ、久木はベランダに出て煙草を喫った。

まだ紅葉には少し早いが木の葉の一部は色づきはじめ、この数日で落ちた枯葉が朽ちて黒ずんだ土の上に重なり合っている。

そのまま、梢の先の空を見上げていると、凜子が近づいてくる。

「なにを見ているの？」

「あの、空を……」

久木が指さし、二人で木立ちの先に覗く、青というより蒼に近い秋の空を見上げていると、凜子がつぶやく。

「わたしたち、遺書を書かなくては……」

それは、久木が空を見ながら、考えていたことでもあった。

「君の願いは？」

「わたしはただひとつ、死んだあと、二人を一緒に葬（ほうむ）って欲しい」

「それだけでいいね」

「それだけでいいわ」

かなえられるか否かはともかく、死に臨んで二人が最後に願うのは、その一点だけである。

やがて午後、久木は凜子とともに遺書を書いた。

初め凜子が毛筆で、「わたしたちの最後の我儘を許して下さい。二人を一緒に葬って下さい。それだけがお願いです」と書いて、久木と凜子の順で名を記した。

そのあと、久木は別に妻と娘に宛てて遺書を書き、凜子も母に宛てて書いたようである。

妻と娘には、やはり、我儘を詫びるだけだったが、最後に家を出るときにいえなかった、「長いあいだありがとう、心から感謝している」という言葉をつけくわえた。

それを書くうちに、家を出るとき、娘の知佳が、「行かないで」と叫んだ声が甦ってきた。

あれはどういう意味であったのか。ただ単に家から出て行くな、というだけのことであったのか、それとも死出の旅を察して、行くなと叫んだのか。いずれにせよ、明日にでもなれば、久木が考えていたことに、妻も娘も気付くはずである。

遺書をしたため終ると、なにか急に、この世における、すべての仕事が終ったような気がして、二人はともに瞑想のなかで過した。

凜子はひとつだけある安楽椅子に背を凭せ、久木はその横のソファーに軽く横たわって目を閉じる。そのままなにも考えず、静けさのなかに身をゆだねているうちに秋の陽は傾き、気がつくと夕暮れが近づいていた。

凜子は音もなく立ち上ると明りをつけ、キッチンで最後の食事の支度をはじめる。

あらかじめ材料を用意していたらしく、茸とベーコンのサラダに、鴨とクレソンの小鍋をあたためて食卓テーブルに並べる。

「なにもないけど……」

凜子がサラダを小皿にとってくれるが、この世で最後の食事が、凜子の手料理であることに、久木は充分すぎる幸せを感じる。

「あの、ワインをあけよう」

久木は昨夜、ホテルで分けてもらったシャトーマルゴーの栓を抜き、ゆっくりとふたつのグラスに注ぐ。

それを持って、互いのグラスを合わせたところで、久木がつぶやく。

「われわれの……」

そこで一瞬詰まると、凜子が続ける。

「素敵な旅のために……」

互いに飲んで、目を見交(みかわ)すと、凜子が沁み沁みとつぶやく。

「生きていて、よかった……」

これから死出の旅に向かうのに、生きていてよかった、とはどういうことなのか。

久木が不思議に思っていると、凜子はワイングラスを持ったまま、

「生きていたから、あなたに逢えて、いっぱい素晴らしいことを知って、いっぱい、いい思い出ができて……」

それは久木も同じである。感謝を込めてうなずくと、凜子はさらに目を輝やかせて、

「あなたを好きになって、恋して愛したから、とっても美しく綺麗になれたし、毎日毎日、生きている意味がわかったし、むろん、いっぱい苦しいことがあったけど、その何十倍も嬉しいことがあって、死ぬほど愛したおかげで、全身が敏感になって、なにを見ても感動できたし、いろいろなものに、みんな命があるのもわかったし……」

「でも、われわれは死ぬ……」

「そう、こんなにいっぱい、全身に入りきれないほど、素晴らしい思い出が詰まったから、もういいわ。もう思い残すことはなにもない。そうでしょう」

まさしく凜子のいうとおり、久木も精一杯恋して愛して、いま、思い残すことはなにもない。

「生きていて、よかった」

思わず、凜子と同じことをつぶやいてから、この一年半、真底、充実して生きてきたから、死ぬのも怖くはないのだと気がつく。

「ありがとう」

凜子が再びグラスを差し出すのに、久木もグラスを合わせて応える。

「ありがとう」

うなずき合って、互いにゆっくりと飲む。

今晩、これと同じことをくり返すだけで、二人は圧倒的に幸せな死へ旅立つことができる。そのことをたしかめ合いながら二人はさらにグラスを傾ける。

最後の食事を終えると、午後六時だった。

すでに外は完全に暮れ、ベランダの先に見える明りがひとつ夜の庭を映し出している。十月に入って別荘を訪れる人はほとんどなく、この家だけが人の気配を伝えているようである。

だがその家のなかでは、死へ向かう準備が着々とすすめられている。

まず久木が、夕食に残ったシャトーマルゴーを、新しいワイングラスに四分の一ほど注ぎ、そこに白い容器に秘めておいた青酸カリの粉を落とす。

小匙に二杯分しかないが、一杯で四、五人の命を完全に奪うのだから、これだけあれば充分すぎる量である。

　そのまま毒を含んだワインを見ていると、音もなく凜子が横にきて坐る。

「これを飲んだら、終りなのね」

　凜子はそっと手を伸ばし、グラスの脚を持つと、テイストでもするように軽く顔を近づける。

「いい香りだわ」

「ワインの味で消されているけど、飲むと少し酸味があるかもしれない」

「誰が、そんなことをいったの？」

　川端にきいたのだが、たしかに、飲むと即死するという毒を、味わった人がいるとしたら、不思議である。

「ごく少量だが、間違って飲んで、助かった人がいるのかもしれない」

「わたしたちは、そんなことはないのでしょう」

「間違いなく、死ぬ」

　久木は自信をもって、きっぱりといい切って、電話のほうを見る。

「明日お昼に、笠原さんに、ここに来てもらうように頼もうか」

　死の時間について、久木はそれなりの計算を試みていた。

　死体が発見されたとき、凜子が願うように、ともにしっかり抱き合ったまま離れずにいたい。そんな形で死ぬためには、死後硬直の最も強く現れる、十数時間から二十時間くらいまでのあいだに発見してもらわなければ困る。

「暖炉の薪が欲しいとでもいえば、必ずきてくれるだろう」

管理人には悪いが、彼が訪ねてきたとき、二人はしかと抱き合ったまま冷たくなっているはずである。

「そろそろ、行こうか」

なに気ない一言が、死への旅立ちの合図であった。

久木が声をかけると、凛子はうなずき、互いに手をとり合って階段を上る。

二階のベッドルームは、昼間は庭に面した窓が開かれていたが、いまは閉ざされ、かすかに暖房が入っている。

久木は枕元のスタンドをつけ、横のナイトテーブルにワインの入ったグラスをおいてから、ベッドの端に凛子と並んで坐る。

まだ夜が更けるには間があるが、あたりは静まり返り、耳を澄ますとかすかに虫の声がする。

この静寂のなかで、なお生きているものがいることに、久木は安らぎを覚え、さらに耳を傾けていると、凛子がつぶやく。

「後悔していませんか」

低く、アダージョのような囁きに、久木はゆっくりとうなずく。

「悔いは、ないよ」

「あなたの一生は……」

「いろいろなことがあったけど、最後に、君という女性に会えて、とても素敵だった」

「わたしも、なにも思い残すことはない。あなたに会えてとっても幸せだった」

瞬間、久木の全身に、凜子への愛しさが奔流のように溢れ出し、たまらず抱きしめて接吻をする。唇といわず、鼻から目から耳まで、凜子のすべてが愛しく、接吻の雨を降らせているうちに、久木はどうしても見たくなる。

「ぜんぶ、脱いでくれないか」

死に臨んで、いま一度、凜子の軀をしかと見届け、この目に灼きつけておきたい。

「真っ裸になって……」

さらに少年のように哀願すると、凜子は母のような眼差しでうなずき、軽く背を見せたまま、セーターを脱ぎ、次にロングスカートを落とし、さらにブラジャーからパンティまで脱ぎ捨てて、振り返る。

「これで、いいのですか」

一糸まとわぬ全裸の凜子が、久木の前に立っている。

なお恥じらいを残して胸は両手でおおわれているが、その裸体は死を目前にして白く蒼ざめ、白磁のように艶でたおやかである。

目前の全裸の女体に引き付けられるように、久木は凜子の前に立ち、胸をおおっていた両手をとらえて、ゆっくりと下におろす。

「美しい……」

凜子の軀をこれほど明るいところで、沁み沁みと念入りに眺めるのは初めてである。頭から爪先へ、爪先から頭まで、何度か仰ぎ見るうちに、久木は、目の前の女体が須弥壇に鎮座する、阿弥陀か菩薩のように思えてくる。

いま、久木は初めて、自分がこれまで追いかけてきたものが、この美しく妖しい女体という名の仏像であり、宗教であったことに気がつく。

敬虔な信者が仏像の端々に手を触れて、至福を味わうように、久木はいま両手を差し出し、女体の細い首から、なだらかな肩、そしてたしかな胸のふくらみから乳首へと触れていく。そこからさらにウエストのくびれを伝って、形よく突き出た臀部から豊かな腰へ、そして中央の股間に息づく黒く小さな繁みに達したところで、久木は崩れ落ちるように跪き、祈るように訴える。

「ここを、見せて欲しい」

凜子は一瞬、戸惑ったようだが、やがてゆっくりとベッドに仰向けになり、股間をかすかに開く。

それに希望を得た男はさらに目を輝やかせて、女の股と膝を深く折り曲げ、最大限に開いたところで、自らの顔をそろそろと近付ける。

ここまで開くと、黒い繁みはむしろ薄れて、淡い縮れ毛のあいだに、花の蕾だけがかすかに顔を覗かせている。そこに唇を触れたい衝動にかられながら、さらにその下の、やや厚く黒ずんだ唇に両手を添え、ゆっくりと左右に開くと、外見からは想像もつかぬサーモンピンクの花芯が、濃厚な愛液を洩らして輝いている。

この優美とも淫靡とも見える裂け目が、男の命の誕生するところであり、また絶えるところでもある。まさしく、このピンクに輝く柔らかな前庭から、一歩奥へ足を踏み入れた途端、その先は見果てぬ奈落の底で、何重にもかさなる襞にとらえられ、絡まれて、男はもはや生きては戻れない。

いま久木が一足早く死の世界へ旅立つのは、この豊饒で肥沃な花園に踏み込み、果てしなく愉悦のかぎりを貪った、淫蕩という名の重く華麗な罪の償(つぐな)いのためである。

この世の名残りに、堪能するほど女の秘所を見届けた久木は、もはや耐えきれぬというように凜子のあとを追って全裸になるや、ひたと自らの唇を花芯におしつけ、ここぞとばかり舌をめぐらしながら愛(いとお)しむ。その直情さに煽られたように、凜子もまた久木のものをしかととらえ、名残り惜し気に何度も擦ったあと、深々と口に含んで離さない。

おそらく凜子もいま、この熱く愛しいもので自分の一生が大きく変り、ついには命を絶つまでに至ったことに、宿命のようなものを感じているのかもしれない。

なおしばらく、二人はともに自らとらわれ、溺れた、女陰と男根に、かぎりない愛着と未練を抱きながら、やがて二人は元に戻って相対する。

いよいよここからは、ともに死へ旅立つための最後の饗宴である。女は仰向けに、腰の下に軽く枕を入れた形で股間をつき出し、男はその上から、愛しい女体をかばうように重なり、その位置で互いにしかと、未来永劫まで離れぬとばかりにしがみつく。

ここまでくれば恐れるものはなにもない。あとはひたすら快楽の世界へ駆けのぼるだけである。

久木の意志は自ずと凜子に伝わり、久木が最後の力をふり絞って挑めば、すでに燃え滾った花芯は波のようにうねり、凝縮し、収斂しながら、ついには全身を震わせ、「だめ……」とつぶやき、「死ぬ……」と叫ぶ。

瞬間、久木のものは女体の肉と襞に吸い寄せられ、巻きつけられたまま、最後の精が火玉とともに散っていく。

「嬉しいっ……」

軀の奥底から滲み出たような凜子の歓喜の声とともに、久木の精もすべて吸いとられ、そのまま命の限りを尽して燃え果てた。

それをともに実感し納得したところで、久木の右手がゆっくりとナイトテーブルの端へ伸びていく。

いまめくるめく快楽の名残りのなかで、凜子の全身に毒を注ぎ込み、死に至らしめる。そして同時に自らも、射精した直後の熱い滾りのまま毒を呷る。

それこそ二人が待ち望み、乞い願い、夢にまで見た幸せへの旅立ちである。

もはや久木に迷うところはない、伸ばした五本の指にしかとグラスを握りしめるや、それを自らの口許に運び、そこで真紅の液が波打つのを焔のように見届けて一気に口に含む。

不思議なことに苦味も酸味も感じない。いや、感じたのかもしれないが、久木の頭の中はそれを嚥み込むことしか考えていない。

そのまま一口嚥み、喉に落ちていくのを感知した次の瞬間、残りのワインを、いまは満ち足りて菩薩の表情を見せている凜子の赤い唇の中に注ぎこむ。

仰向けに、久木に組み敷かれた形の凜子はなんの抵抗も示さず、ひたすら乳呑児（ちのみご）が乳を吸うようにすがりつき、懸命に吸う。

口から口へ、注ぎこまれた真紅のワインがやがて溢れて、凜子の唇の両端から洩れ、白い頰を伝って落ちていく。

それを至福の思いで見詰めていた久木は、突然、全身が逆巻（さかま）くような息苦しさに襲われ、狂ったように首を振りながら、最後の力をふり絞って叫ぶ。

「凜子……」

「あなた……」

短いが霧笛のように尾を引きながら、それが二人がこの世に残した、最後の叫びであり、絶唱であった。

# 終章

死体検案調書、その一
検案日時、平成八年十月六日、午後三時三十分
検案場所、長野県北佐久郡軽井沢町大字軽井沢上梨ノ木二ノ四五〇
立会官氏名、軽井沢警察署　巡査部長斉藤武
死者の住所、職業、氏名、年齢
東京都世田谷区桜新町三ノ二ノ十五、久木祥一郎、元現代書房社勤務、男、五十五歳
死亡日時、平成八年十月五日、午後七時三十分頃、身長一七三糎、体格やや大、栄養中等度、死後推定、約二十時間
検案所見
発見時、本人は全裸のまま、相対せる女子（別紙記載）と強固に抱擁し、股間まで密着して、陰茎は女子の膣内に挿入されたまま、死後硬直の最も強い時間帯であるため、容易に離

し得ず、警官二名にて、ようやく二人を分かつ。

皮膚は一般に蒼白色、頭髪は黒色、やや粗にして側頭部の一部に白髪、外陰部は陰毛黒色にしてやや密。

本人は女子を上から抱きかかえる形でうつ伏せるため、死斑は胸部より腹部側面にあり、死後硬直は各関節において強度。上肢は抱擁姿勢をとり、肘を中心に強く内側に屈曲し、両手は女子の背面にまで達して、一部は皮膚にくい込む。下肢は股、膝関節で強く屈曲、女性の下腹部から股間をつつむ形で硬直する。

顔面はうつ伏せるため、赤褐色にして、強度に鬱血し、眼瞼結膜の血管は充盈し、結膜下に、蚤刺大の溢血点を数個認める。

背面は全体に蒼白色を呈するが、肩より背にいたる両端に、女子の指によると思われる擦過傷あり、その一部は背から腰部にまでおよぶ。

口唇は女子の口唇と強く密着し、いわゆる接吻の状況のまま、口腔より血性異液を少量洩らす。口唇粘膜は赤褐色にして、強度の糜爛状態を呈す、なお、口唇両端から異液を吐出する。

青酸カリに対する、シェーンバイン反応、陽性

他に、とくに外傷はなし

死亡の原因、毒物（青酸カリ）による、急性呼吸停止。死亡の種類、自殺

右の通り検案する。

警察医　平田良介

死体検案調書、その二
検案日時、平成八年十月六日、午後三時三十分
検案場所、長野県北佐久郡軽井沢町大字軽井沢上梨ノ木二ノ四五〇
立会官氏名、軽井沢警察署、巡査部長斉藤武
死者の住所、職業、氏名、年齢
東京都杉並区久我山六ノ三ノ十、松原凜子、無職、三十八歳
死亡日時、平成八年十月五日、午後七時三十分頃、身長一五八糎、体格中、栄養中等度、
死後推定、約二十時間

検案所見
発見時、本人は全裸のまま、相対せる男子（別紙記載）と強固に抱擁し、局所まで接合したまま、死後硬直の最も強い時間帯であるため、容易に離し得ず、警官二名にてようやく二人を分かつ。
皮膚は一般に蒼白色、頭髪は黒く、外陰部陰毛は黒色、膣内にはなお男性の陰茎が停留し、内部および周辺に、相手男子の精液を認める。
本人は男子に上から抱きかかえられた形で、仰向けの姿勢のため、死斑は背面に広範に出

現し、暗赤褐色を呈す。死後硬直は各関節に強度で、上肢は抱擁姿勢をとり、両腕は男の肩から背にしがみつき、当該部に爪先によると思われる擦過傷を残す。下肢は股、膝関節で屈曲し、両足は男性の大腿部をつつむ形で寄り添う。

背面は仰向けのうえ、男子の圧迫を受け、胸背面および臀部は蒼白であるが、その他の部分には赤褐色の死斑を認める。なお両肩より背部にかけ、男子の手によると思われる圧迫痕あり、蒼白。

顔面は軽度に鬱血し、一部赤褐色を呈し、眼瞼結膜の血盈（けつえい）は軽度にして、溢血点を数個認める。

口唇は男子の口唇におおわれ、いわゆる接吻の状態を保つ。舌尖（ぜっせん）は歯列の後方にあり、口腔より血性異液を少量洩らす。口腔粘膜は糜爛いちじるしく、口唇両端から頬へかけて異液流出による、赤色の線状糜爛を認める。

青酸カリに対する、シェーンバイン反応、陽性

他に、とくに外傷は認めず

死亡の原因、毒物（青酸カリ）による、急性呼吸停止。死亡の種類、自殺

右の通り検案する。

警察医　平田良介

久木祥一郎（五十五歳）、松原凜子（三十八歳）、両人に対する、死亡前後の状況、および

検案所見に対する考察

両人の死因は、ベッドわきに落下せるワイングラス内の液に、青酸カリ反応を認めるところから、青酸カリによる急性呼吸停止と推定される。なお現時点では、毒物の入手経路は不明だが、赤ワイン中に、致死量をこえる、かなりの量を混入させたものと思われる。

発見時、両者はともに強く抱擁し、容易に隔離することができなかったが、第一発見者はとくに日時を指定されて別荘を訪れ、心中現場に遭遇している。

すなわち、別荘管理人笠原健次は前日、暖炉用の薪がないので、明日午後一時に届けて欲しい旨の連絡を受け、当日、午後一時半に訪れ、返事がないのでなかに入って、初めて異常を目撃、通報している。とくに管理人は、きき覚えのある松原凜子の声で何度も念をおされているところから、あらかじめ死後硬直が最も強く現れ、両者が離れがたい時間を見計って、管理人を呼んだものと推測される。

死亡直前、二人は性的交渉をもち、死後も両者が抱擁したまま、局所も結合していたが、かかる状態はきわめて稀である。死後、多くは初期弛緩で遊離するが、それでもなお結合していたのは、男子が射精直後、歓喜の頂点において毒物を呷り、そのまま苦しみに耐えて、余程強固に抱擁していたためと推測される。なお女性の表情には、かすかな笑みがうかがわれる。

遺留品は男女とも、左の薬指に同じデザインのホワイトゴールドの指輪を嵌めている。

遺書はベッドの枕元に三通あり、一通は男子の妻久木文枝と娘知佳宛、一通は女子の母江藤邦子宛で、その上に、「みなみなさまへ」と記された遺書があり、内容は以下のとおりである。

「わたしたちの最後の我儘を許して下さい　二人を一緒に葬って下さい　それだけがお願いです」

字体は女性の筆跡と思われるが、最後に、久木祥一郎、松原凜子、各々の署名が記されている。

以上の所見により、ともに合意の上での心中であることは明白で、事件性はなく、解剖は不要である。

警察医　平田良介

（完）

# 『性と死のモニュメント』

髙樹のぶ子

二十世紀は、人間と性の関わりをめぐる考察が急速に進んだ時代だった。人間を根底から動かす力としての性が、認められるようになった時代と言うことも出来る。

その世紀の終り近くに『失楽園』は刊行され、空前のベストセラーとなり、そしていま、文庫本として再度読者の前に姿を現すことになった。

この小説が、真正面から性愛を扱った文学として、極まった場所に燦然と立っていることを疑うわけにはいかない。極まった場所、というのは、この方角には、この先にはもう道がない、ということ。その意味でも、二十世紀の終りを飾るにふさわしい小説である。

ついにここまで来た、という感慨を禁じ得ない。無論、性表現の自由化などという社会的枠組の面からではなく、もっとも〝性度〟の高い人間を描いた、という点においてである。

この小説を最初に読んだとき、私は突然〝性度〟という言葉を思いついた。あえて定義をすれば、その人の性が全人格や人生に及ぼす影響の度合い、とでも言おうか。だから性豪の女好きであっても、性によって人格や人生が大した影響を受けないのであれば〝性度〟は小さいと言えるし、生涯異性と交わることのない修道女であっても、内在する性がその人の行動や思考を直接的に操っている場合は、〝性度〟は大きいということになる。

その度合いが大きいか小さいかは別にして、私達は自分なりの〝性度〟で生きている。

フロイトは、深層心理の中にその力を認め、夢という窓から汲み出して検証しようとしたが、恋愛時は性欲という明快なかたちとなって表層に噴き出してきて、喜びや苦悩を作るのである。

恋愛小説で性を描くのは、だから当然だとしても、どこまで〝性度〟の高い人間を描けるかがひとつの目安となる。この小説を読んでの極まった感は、そこから来ている。

つまり久木と凜子は、これまで文学で描かれた男女の中で、もっとも〝性度〟の高い人間ではないかと思うのだ。

人間は社会的な生きものである。世界の様相としては今世紀に入って宗教の抑圧が弱まり、科学的な分析が神の視線にとってかわってあらゆる分野に入りこんでいった。科学は性欲や性の快楽までも、その存在を証明してみせる。

性はいまや神の敵視（とりわけキリスト教）から逃れて、人間の属性として認知されるようになった。社会的に認知されることで確かに性は自由になった。

許されればその分、のびやかに羽根を拡げたかに見えるものの、しかし性度という面からは、必ずしも連動しない。いやむしろ、適度な社会的抑圧があった時代の方が、性度は高かったかもしれない。

一回の性交、その快楽が放つ輝きや、その快楽が人生に刻む力は、人それぞれとは言いながら、総合的に見れば間違いなく落ちてきている。若い女性が大したためらいもなく性をお金に変えることが出来るのは、性行為がその程度の重味しか持っていないからだ。

そして今後も、この性度の落下は続くだろう。性に対する社会的抑圧が強まる可能性としては、それこそエイズなどの病気への恐怖か、人口増への心配などが考えられるものの、だからといって自由化された性に歯止めがかかるとは思えず、結果として性は、三食の食事のようにさしたる感激もなく日常の中で繰り返されるだろうし、これだけ豊かな食材が与えられている中で若者はコンビニ食品かファーストフードで満腹しているのだから、性においての劣化は、防ぎようがないと思える。いやすでに、一般的には性度は落ちるところまで落ちたと言えるのではないか。

こうした地平から見上げると、『失楽園』の久木と凛子の性度は、異様な高さでそびえ立っている。

旧弊な抑圧の地平から眺めても、新しい荒涼とした地平から眺めても、やはり極立っているのである。

男と女が性の回路で繋がり燃え上がる関係としては、久木と凜子以上のものは、現実にも小説の中にも、存在しないのではないかと思えるし、今後、現実という地面が低く崩れ落ちていけば、このような文学は現実離れしているとして、いよいよ許されなくなるだろう。

つまり最初にして最後にたどりついた性度の高みが、この小説ではないのか。

私はふと、ひとつのモニュメントを見上げるように、この小説を見上げている。そう、これはモニュメントなのだ。


人間は本能の壊れた生きものだと言われる。食物の豊かな季節に生殖行為を行い、生きながらえることに汲々とする時期は、性欲などと縁のない生体でいられるのが、人間以外の動物だ。性行為の目的が子孫にあるのだから、子孫育成が可能な時期と生殖本能は重なるが、ただ人間のみ、こうした自然の摂理を拒んで発情する。

発情のための刺激の大半は人間から与えられる。直接的にはホルモンの作用があるのかもしれないが、ホルモンを動かしているのは対人の心理であり、分析不可能な精神の領域だ。

もちろん健康な性欲が恋愛感情から生れるのは当然にしても、繰り返されることで少しずつテンションが落ちていく運命からは、逃れられない。

本能が壊れ、繰り返しで温度を低めていく性愛を、人間はどうやって補い成り立たせるかというと、心理的な倒錯である。倒錯といっても異常な性行為の意味ではない。心理を刺激する装置とでも言えばいいのか。

昔から、一盗二婢などという言葉もあるけれど、スリルが性欲をかき立てるのは常だし、サド、マゾというのは、行為上の狭義の意味でなくとも、精神的にはよくあるかたちだろう。たとえば獣には必要のない下着が意味をもったり、コスチュームが刺激剤の役割りを持つのも、みな広い意味での倒錯装置である。

恋愛と性愛のテンションを高める障壁――病苦や貧困、階級差、宗教や道徳といったものも、抑圧の力が情熱の炎をかきたてるという意味では、一種の倒錯的なはたらきをするからで、キリスト教社会では司祭の情事や懺悔室のセックスが、もっとも強い禁忌と興奮をもたらすはず。日本の古典においても、神事にたずさわる聖処女斎宮の性行為が、読む者の色情を高めた。

小説で性愛を描こうとすると、この装置をどう作るかが一大決心、苦心の要るところだ。

小説上その心理的装置を使わずに、毎回毎回の性交の温度を高めていくのは、殆ど不可能に思えるが、この小説では「死に向かうベクトル」で、それを乗り切った。勿論、凜子の父の通夜に、久木が性を迫り、結果として燃え上がる場面や、他の細部において、心理の倒錯装置が使われてはいるものの、主として二人の未来に置かれたブラックホールのような死が、性と生命を燃え立たせ、一回ごとに熱を高めていくのである。

二人が死ぬのは不自然、という批判もあるが、この小説は構造として死へ向かわなければ成り立たない。不自然などという批判をはねとばして突進する性の勢いが、この小説の力なのである。

「死へのベクトル」といえば、やはりジョルジュ・バタイユを想起しないわけにはいかない。


バタイユの『エロティシズムに関する逆説』と講演録『エロティシズムと死の魅惑』――角川文庫『マダム・エドワルダ』に収録――を読むと、『失楽園』に関して発生したすべての毀誉褒貶への答えが用意されている気がしてくる。

「いずれにせよ、エロティシズムは理不尽なものである」の一文で始まる論は、「私たちが身ぶるいを覚えるまでに深奥な快楽」であるエロティシズムが一方で恥辱と嫌悪を誘うものであり、「誕生と生命とはエロティシズムなしには考えられない」ほど本質的なものが、「消滅」の宿命を負っている矛盾を突き、「この法外な理不尽、この最大の逆説こそ、人間存在のあり方なのだ」と説く。


理不尽さは、エロティシズムの表現にまで及ぶ。言葉でもって真のエロティシズムを描出出来るか、というバタイユの疑問、いや文学者としての絶望的な問いかけを、私は『失楽園』を読む中で感じないわけにはいかなかった。

人間の実存としての猥褻さは、その表現しようのない性格、言語の範疇（はんちゅう）に入りえないものでもって、言語と対立し、しかも言語の範疇を破壊しかねない限りにおいて存在する——というバタイユの言葉が正しければ、小説家が、それでもすべての切断である「死」に向かって「エロティシズム」を表現しようとする姿こそ、まさに理不尽そのもの、輝かしき愚者の栄光が与えられて当然だろう。そこには、エロティシズムを受感のレベルではなく表現のレベルにおいて長年格闘してきた者のみが放つ、かなしみの後光さえ見えてくる。

バタイユが「この法外な理不尽、この最大の逆説こそ、人間存在のあり方なのだ」という言葉の最後は、いつのまにか、小説家のあり方なのだと置き替えられてしまう。

渡辺氏は、この理不尽と闘ったのだ。

バタイユによれば、文学が実存のエロティシズムに勝利することなどありえない。より良く闘った痕跡として——すべての優れた文学がそうであるように——このエロティシズムと死の文学は、長く記憶され続けるだろう。

この小説は、「日本経済新聞」朝刊に一九九五年九月一日から一九九六年十月九日まで連載したものに大幅に加筆し、一九九七年二月に小社より刊行された作品です。

|著者|渡辺淳一　1933年北海道生まれ。札幌医大卒。整形外科医ののち、『光と影』で直木賞を受賞。'80年『遠き落日』『長崎ロシア遊女館』で吉川英治文学賞。著書は他に『ひとひらの雪』『化身』『無影燈』『うたかた』『失楽園』『男と女』『キッス・キッス・キッス』『男の手のうち女の胸のうち』『エ・アロール　それがどうしたの』『夫というもの』など多数ある。2003年、菊池寛賞受賞。

失楽園(しつらくえん)　下
渡辺淳一(わたなべじゅんいち)
© Junichi Watanabe 2000
2000年3月15日第1刷発行
2005年3月1日第7刷発行

講談社文庫
定価はカバーに
表示してあります

発行者――野間佐和子
発行所――株式会社　講談社
東京都文京区音羽2-12-21　〒112-8001
電話　出版部（03）5395-3510
　　　販売部（03）5395-5817
　　　業務部（03）5395-3615
Printed in Japan

デザイン―菊地信義
製版――信毎書籍印刷株式会社
印刷――凸版印刷株式会社
製本――株式会社大進堂

落丁本・乱丁本は購入書店名を明記のうえ、小社書籍業務部あてにお送りください。送料は小社負担にてお取替えします。なお、この本の内容についてのお問い合わせは文庫出版部あてにお願いいたします。

ISBN4-06-264780-X

本書の無断複写（コピー）は著作権法上での例外を除き、禁じられています。

# 講談社文庫刊行の辞

二十一世紀の到来を目睫に望みながら、われわれはいま、人類史上かつて例を見ない巨大な転換期をむかえようとしている。

世界も、日本も、激動の予兆に対する期待とおののきを内に蔵して、未知の時代に歩み入ろうとしている。このときにあたり、創業の人野間清治の「ナショナル・エデュケイター」への志を現代に甦らせようと意図して、われわれはここに古今の文芸作品はいうまでもなく、ひろく人文・社会・自然の諸科学から東西の名著を網羅する、新しい綜合文庫の発刊を決意した。

激動の転換期はまた断絶の時代である。われわれは戦後二十五年間の出版文化のありかたへの深い反省をこめて、この断絶の時代にあえて人間的な持続を求めようとする。いたずらに浮薄な商業主義のあだ花を追い求めることなく、長期にわたって良書に生命をあたえようとつとめるところにしか、今後の出版文化の真の繁栄はあり得ないと信じるからである。

同時にわれわれはこの綜合文庫の刊行を通じて、人文・社会・自然の諸科学が、結局人間の学にほかならないことを立証しようと願っている。かつて知識とは、「汝自身を知る」ことにつきていた。現代社会の瑣末な情報の氾濫のなかから、力強い知識の源泉を掘り起し、技術文明のただなかに、生きた人間の姿を復活させること。それこそわれわれの切なる希求である。

われわれは権威に盲従せず、俗流に媚びることなく、渾然一体となって日本の「草の根」をかたちづくる若く新しい世代の人々に、心をこめてこの新しい綜合文庫をおくり届けたい。それは知識の泉であるとともに感受性のふるさとであり、もっとも有機的に組織され、社会に開かれた万人のための大学をめざしている。大方の支援と協力を衷心より切望してやまない。

一九七一年七月

野間省一